中公文庫

幕府密命弁財船・疾渡丸（二）

鹿島灘　風の吹くまま

早川　　隆

中央公論新社

目次

疾渡丸に関わる人々

虎之介《とらのすけ》　船頭《せんどう》（船長）。経験豊富な船乗り。
仁平《にへい》　楫取《かじとり》（副船長）。幕府の隠密。
三太郎《さんたろう》　片表《かたおもて》（航海長）。仁平の配下。
九兵衛《きゅうべえ》　水夫長《かこおさ》。海の上ではひときわ厳しい男。
鬼丸《おにまる》・笹丸《ささまる》　水夫。怪力を誇る男女。
三木助《みきすけ》　水夫。身軽で物見が得意。
儀助《ぎすけ》　水夫。船の修繕が得意。
蝶介《ちょうすけ》　水夫。仁平の配下。
甚左衛門《じんざえもん》　水夫。江戸から来た船乗り。
綾《あや》・翠《みどり》　鳩を操る技を持つ双子の姉妹。
鄭賢《ていけん》　賄《まかない》（買付商人）。謎多き明国人。
鉄兵《てっぺい》　炊《かしき》（炊事係）。見習いの少年。

おきく　那珂湊《なかみなと》に住む孤児。鉄兵の幼馴染み。
貞次《さだじ》　元船乗り。虎之助の友。
岩吉《いわきち》　疾渡丸を造った船大工。

幕府密命弁財船・疾渡丸

（二）

鹿島灘 風の吹くまま

（一）

筑波《つくば》の山の彼方から、冷たく透き通る西風が吹き渡ってきた。

樹々の梢《こずえ》ががさごそ音を立てて揺れ、赤や黄色の葉っぱが一斉に空に向かって放たれた。それらは宙に舞ってくるくる回り、やがて力尽きたようにそっと地面に身を横たえた。

晩秋であった。

おきくは、華蔵院《けぞういん》の一角にある高台に膝《ひざ》を抱えてちょこんと座り、きらきらと輝く海を眺めていた。

横には、貞次《さだじ》という名の男が寝転んでいた。

おきくにとっては父親のような年齢だ。疾渡丸《はやとまる》の船頭《せんどう》・虎之助《とらのすけ》の相棒だったが、長年の無理が祟《たた》って体を壊し、船を降りた。今は華蔵院でおきくや子供たちに計数などを教えながら、ゆっくりと養生《ようじょう》している。

貞次は、頭の後ろに腕を組んで落ち葉の上に寝そべり、気持ちよさそうにうつらうつらとしている。

「いま、どのあたりだろう」

ふと、おきくが独り言を言った。

しばらくして、地面から声が聞こえた。寝ていたはずの貞次が答えたのだ。

「さあな。あの船なら江戸渡りを試すはずなんだが、別のところに行っちまったかもしれねえ。なにせ船頭が変わり者だからよ。行き先は、誰にもわかんねえや」

おきくは思わず振り返ったが、貞次は相変わらず落ち葉の上に横たわり、目をつぶっている。

「鉄兵《てっぺい》は元気かなあ」

「ああ、あいつなら大丈夫だよ」

言うと貞次は、やっと目だけを開けた。

「奴《やっ》は、いい船乗りになる。今頃はきっと海の上で九兵衛《きゅうべえ》に思い切りしごかれて、陸《おか》に戻りてえと泣いているだろうがな。船に乗れると知ったとき、奴は初めただぼうっとしていた。ところが次の日からは、目を輝かせて現場にやってきて、大人のようにきびきびと動いた。ありゃあ、いい船乗りになる。請け合うぜ」

「戻ってくる？」

「さあ、それはわからねえ。なにせ船乗りだからな。だけどよお嬢ちゃん、まだ疾渡丸がここを去ってから、ほんの十日かそこいらしか経ってねえ。心配するにゃ、少しばかり早くねえか？」

「それしか経ってないのね。でもなんだか、一年くらい過ぎてしまったような気がする。いつもあたしの横にいた鉄兵が、今はいない。呼びかけても、返事をしてくれないんだ」

言うと、おきくはうつむいた。貞次は起き上がって片膝を抱え、黙って海の方角を見つめた。

しかしおきくは、気丈に顔を上げた。

「でも、いつか帰ってくるよ。わかるんだ。それで、きっとあたしをお嫁にしてくれる」

「ああ、そうだろうとも。奴は帰ってくるさ。きっとな」

にっこりと笑って、おきくの頭に手を乗せた。

「だがよ、そうなるまでに、奴は海の上できっといろんな目に遭う。船乗りってのはな、ちょうどこの落ち葉と同じなんだよ。風に吹かれて、あっちこっちくるくる回って、ただ右往左往するだけなんだ。そんで、いつしかそれが習い性になっちまう」

おきくは、澄んだ目で貞次を見上げた。

晩秋なのに、陽《ひ》の光は明るい。

彼方の海は蒼《あお》く、微《かす》かに波が立ち、その蒼に細かな白い彩《いろど》りを加えている。

「岩吉《いわきち》親分が、寝込んでるそうだね」

貞次はうなずいた。

「大仕事をやり終えた、と言っていたからな。さんざ無理をしてきたんだろう。疾渡丸が船出して、一気に張りをなくしたんだ。湊《みなと》を出てった疾渡丸は、きっと岩吉さんの生まれ変わりなんだよ」

「大丈夫かな？」

「長くはねえかもしれねえな。だが本望だろうよ。そっとしといてやれ」

「そんなの、やだよ。良くなってほしいよ」

「岩吉さんもな、昔はいろいろあったらしい。古い戦《いくさ》の話を聞いたか？　そんときやらかしちまったことの罪深さに、あの爺《じい》さんは一生涯苦しんできた。どうしたらいいかわからず、風の吹くまま、ただあちこちを右往左往してきたんだ。最後にやっと那珂湊《なかみなと》でやるべきことを見つけ、立派に落とし前をつけたんだよ。顔を見に行ってやるくらいはいいが、あとはそっとしといてやるんだ」

「うん……」

またも強い西風が吹きわたってきて、せっかく地面に寝そべった落ち葉を再び吹き上げた。葉は音を立てて散り、ふてくされたように落ちていった。

「鉄兵もよ、いま、おんなじ西風をほっぺたに浴びてるかもしれねえ。陸と海は、つながってるんだ。おんなじ風が、両方に途切れなく吹いているんだよ。きっと、奴もあの落ち葉と同じように、今頃くるくる右往左往してるに違《ちげ》えねえぜ」

「風の吹くまま、ぷかぷかと波に揺られているんだね」

「ああ、そうさ。それが、船乗りってもんだからな」

（二）

同じ頃、鉄兵は大の字になって甲板に寝っ転がり、上空を舞う風を見つめていた。風が目に見えるわけはない。そこは陸地の影すら見えない大海原の上で、落ち葉の一枚も舞っていない。だが、鈍色《にびいろ》の空を背景に、陸のほうから吹き寄せてきた風が疾渡丸の帆や帆桁《ほげた》とぶつかって舞い踊るのが、鉄兵には、たしかに見えた。

甲板《かんぱん》は左右に、斜めに、ゆらゆらと揺れていた。

もう立てない。

両腕が張り、膝がびりびりと痛み、ふくらはぎは腫《は》れたようで、腰は中にどろりとした鉛を流しこまれたかのように重い。

鉄兵は、先ほどから船じゅうの甲板という甲板に海水をぶっかけ、ごしごしと椰子《やし》の実を当てて擦《こす》っていた。

椰子は、遥か南の異国からもたらされた木の実だ。二つにたち切ると、断面のごわごわした繊維が、ちょうど床を擦るのに適した掃除道具になる。浄巾《じょうきん》（雑巾）がけなどでは取れない、海の上でのさまざまな汚れをかき落とすために欠かせない道具だ。

だが、椰子を掴《つか》み、四つん這《ば》いになってあちこちを擦ってまわるのは、いくら若い鉄兵といえどもたいへんな重労働だ。

狭い前甲板はまだ楽だったが、矢倉《やぐら》を囲んだ広い後甲板は、忙しく立ち働いている水夫《かこ》たちの邪魔にならぬよう気をつけなければならなかった。

それに、弁財船《べざいせん》の甲板はあちこちが取り外し可能な揚板式《あげいたしき》になっているので、擦るときにカタカタと揺れる。これにも苦労させられた。

鉄兵は悪戦苦闘を続け、つい先ほどやり終えた。

あとは、水夫長《かこおさ》の九兵衛が仕上がりに納得するかどうかだ。

鉄兵は、吹き渡る風の軌跡を目で追い続ける。

向こうでは片表《かたおもて》の三太郎《さんたろう》と水夫の蝶介《ちょうすけ》が舵《かじ》の番をしているが、鉄兵には構わずそっぽを向いている。帆のたもとでは鬼丸《おにまる》が、むっつりとした顔で絡まった綱をほどいている。

帆の反対側で同じ作業をしていた男だけが、たまに顔をあげ、鉄兵の様子を気にしているようだった。船大工の岩吉の口利きにより船に乗り込んできた甚左衛門《じんざえもん》だ。

疾渡丸はこのとき、銚子《ちょうし》湊から北上し、もともと船出した那珂湊からさほど離れていないところを航行していた。しかしかなりの沖合なので、陸地からその姿を見ることはできない。

これまで四日間、他の船がまったく通らぬ海の上で、鉄兵は水夫長の九兵衛にしごかれ続けた。笹丸《ささまる》、三木助《みきすけ》、儀助《ぎすけ》ら経験豊富な水夫たちからの扱いもひどかった。鬼丸だけはその輪に加わらなかったが、もともと誰に対しても無口な質《たち》なのだ。

毎朝の鳩《はと》のフンカキを終えたあと、九兵衛から必ず急ぎで用事を言いつけられた。やり終えるとなにかとケチをつけられ、怒鳴られ、罵倒《ばとう》された。

今日の仕事は甲板の椰子摺《やしずり》だった。

船じゅうを椰子で綺麗《きれい》に擦れというのが九兵衛からの指示だったが、鉄兵には、まできたばかりで汚れのない疾渡丸にそこまでする意味がわからなかった。大海原を眺めながら、時折力を抜いて掃除していたら、九兵衛から盛大に罵倒され、一からやり直しを命じられた次第なのである。

もはや毎日の行事と化している、とても辛《つら》い時間を味わったが、今日だけは少しばかり早めに解放された。

昨日自分たちで釣った魚を調理し、米を炊いて、忌々しい水夫どものための食事を作ることになったのだ。

鉄兵は舷側《げんそく》の垣立《かきだつ》（手すり）に摑まってよろよろと立ち上がり、船尾に行って手を洗った。朝飯の用意をしようと竈門《かまど》で火をおこしていると、甚左衛門がまな板の上に魚の切り身を載せてやって来た。

「手伝ってやるよ」

ニッと笑い、切り身を重ねた木板を差し出した。鰯《いわし》や太刀魚《たちうお》、鉄兵には名前もわからぬような魚も交じっていた。

「この太刀魚は、さっき俺が釣り上げたんだ。立派だろ。だがおめえさんに切らせると、またあいつらになにか言われるからなあ」

小さくため息をついて小声で続けた。

「辛《つれ》えだろうがよ、ここは耐えろ。ただ意地悪ばかりで言ってるんじゃねえ。言うことを聞いときゃあ、将来、役に立つこともある。あいつら、確かに腕は一流の水夫たちなんだ。見りゃ、すぐにわかる」

鉄兵は無言のまま甚左衛門を見た。涙がこぼれそうになった。

「その分、ひときわ意地は悪いがな」

　甚左衛門は笑った。

「でえじょうぶだよ。そんなに一所懸命やってるんだ。おめえもきっと、いっぱしの船乗りになれる」

　ポン、と鉄兵の肩を叩き、

「まあ俺も、奴らとは仲良くしとかねえといけねえからな。あんま、あからさまな加勢はできねえ。さ、朝飯の前に、九兵衛様へ胡麻《ごま》をすってくるとするか」

と、陽気に笑って出ていった。


　正午から、日課となっている水夫たちの鍛錬《たんれん》が始まった。

　疾渡丸はいずれ江戸渡りをすることになると、乗り組んでいる水夫たちは知っていた。江戸渡りを行うには、まず銚子から犬吠埼《いぬぼうざき》の先まで続く岩礁《がんしょう》帯、いわゆる鹿島灘《かしまなだ》を突破しなければならない。海から陸へ、船を追い立てるような強風が絶えず吹き寄せ、四方から流れ込む複雑な潮流が船の行手を惑わせる。

　船乗りにとっては、もっとも恐ろしい海域だ。

　疾渡丸には、別の船で江戸渡りをした経験豊かな水夫も乗り込んでいるが、半分はまだ未経験だ。しかも彼らが一緒に組んでまだほんの数日。にわか仕立ての水夫衆だ。

充分に鍛錬してからでないと、どうなるかわからない。

だからだれも文句を言わず、厳しい鍛錬に黙々と取り組んだ。

疾渡丸は、船の推進をすべて風力に頼っている。航海中、素早く帆を上げ下げして風をつかまえ、その力を最大限に活かし前に進まねばならない。

帆は、頑丈な木綿の刺子《さしこ》布でできている。巨大な一枚帆なので、岩のような重みがある。航海中はそれをあらかじめ帆桁に通しておき、風向きに合わせていつでも上げられるようにしておかなければならない。

また帆柱《ほばしら》は、長さ十二間（約二十二メートル）にもなる。とてつもない重量物を、これだけの高さに吊り上げるため、船体後部の矢倉の中に特有の仕掛けが造られていた。

これは大轆轤《おおろくろ》と呼ばれ、ふたつ装備されている。矢倉の中を、床から屋根まで突き通して並んでいる丸い柱のようなもので、柱身に穴があけられ、三本の長い樫棒《かしぼう》が放射状に通されている。それを水夫が同じ方向へ力一杯に押すと、柱そのものがぐるぐると回る構造になっているのだ。

それぞれの轆轤の根元は少し細くなっており、太い綱が巻きついている。その綱は船尾に取り付けられた蝉《せみ》と呼ばれる丈夫な滑車へと通じ、力の向きを変えられ、帆柱の頂点に仕掛けられた別の蝉へつながる。

水夫たちが力を合わせて大轆轤を回すと、複数の蝉がからからと音を立てながら力を帆柱に伝える。すると、どんな重量物でも、自在に吊り上げることができるのだ。

主に湊での荷役で重宝する機能だが、疾渡丸は特にこの仕掛けがうまく作られており、航海中でも敏速な展帆《てんぱん》と縮帆《しゅくはん》を可能にしている。

刺子布の帆を通す帆桁は帆柱に密着しておらず、遊びがある。なので、甲板上で水夫たちが帆のあちこちから伸びる手縄や両方綱を引っ張り、垣立にしっかりと結わえ、微妙に角度を変えて、常に最適の風を受けるよう調整することができる。

これにより疾渡丸は、後ろからも、横からも、斜めからも、常に風を受けて好きに方向を変えることができる。大出力でぐいぐいと進む南蛮船《なんばん》のような横帆船にも、狭い海を機敏に飛び回る唐船《からぶね》のような縦帆船にもなるのだ。

疾渡丸は陸地から見えないはるかな沖合を、訓練のため何度も向きを変え、行ったり来たりしている。乗組員たちにとっては、出航前に訓練ができなかった操帆に慣れるための絶好の機会だった。

変針には、「下手回し《したてまわ》」という手法を使う。

まず風が船の進行方向と一致したとき、帆をいっぱいに張り、後ろから船を押させる。しばらく風に任せて進み、勢いをつけてから、舵柄《かじづか》を引いて急転舵《きゅうてんだ》する。船体は惰性《だせい》で曲がった向きにしばらく進む。そのあいだに、舵とうまく呼吸を合わせながら帆の向きを変え、勢いが失われる前に再び風を受けられるようにすれば、船の推進力は途切れない。

それを繰り返していくと、船は大きく半円を描くように向きを変え、やがて、最初とは真逆の方向へと進み出す。

下手回しを実際に何度も鍛錬することで、虎之助も乗組員たちも実力をめきめきと上げていった。

甲板上で舵柄を受け持つのは、楫取《かじとり》の仁平《にへい》。直接の操帆を行うのはその部下である蝶介と三太郎だ。

水夫たちは全員、矢倉に入り、中で轆轤を回す役割だ。本来であれば、左右の轆轤に六名ずつで回すのだが、鍛錬のときはいちどに三人ずつで回す。

九兵衛は水夫たちを競わせて、さらに練度を上げようとしているのだ。左は笹丸と儀助と三木助の三人。右は鬼丸、甚左衛門と鉄兵の三人だ。

鍛錬が始まった。

まず、舳先《へさき》に立った船頭の虎之助が、吹き渡ってくる風の向きを読んで、口笛と腕の動きで合図する。甲板上で仁平が転舵を命じる。舵柄が引かれ、同時に九兵衛が大声で矢倉の中に指示を出す。すると大轆轤を操る水夫たちが樫棒へ取り付き、命じられる速さと回転量で轆轤を回す。

まだ怪我が癒《い》えずに足を引きずっている鄭賢《ていけん》は、根元に巻かれた綱を摑み、絡まり合わないよう蝉へと導く役目だ。手が綱でひどく擦れるので、分厚い革の手袋をはめている。

虎之助が左腕を回し、九兵衛が、

「展帆、いそげ！」

と叫ぶ。

「さあ、いくよ！」

笹丸が気合を入れ、上腕に力こぶを作って樫棒を押す。儀助と三木助が息のあった動きでそれに続き、三人は一定の速さで轆轤を回し始める。

「ひぃ、ふぅ、みぃ、よっ」

よく通る、低いしゃがれ声で、笹丸が号令をかける。頭に巻いた藍色の頭巾の下から汗が飛び、ほつれた前髪がこぼれおちてきた。

上甲板では、帆桁が滑らかにするすると帆柱の頂点まで上がる。桁につづいて広がった帆の下半分が大きくふくらみ、いっぱいの風をはらむ。

船が押され、速度がグイと上がる。

もうひとつの轆轤のたもとで待機していた鉄兵の身体にも、その感触が伝わってきた。

ほどなく、舳先の虎之助を注視していた九兵衛から声が飛んだ。

「左。五つ半！」

これは、上がった帆桁に角度をつけて固定するための指示だ。甲板の上にいる連中が手縄を引っ張り、左舷と右舷に結わえつける。あとは、風向きに合わせて手縄の位置を整え、船が反対を向くまで、同じ作業を続ける。

反対を向いたらいったん帆桁が降ろされ、轆轤の交代だ。

「さあ、行こうぜ。次は俺たちの番だ」

耳元で甚左衛門が言った。無口な鬼丸ものっそりと動き出した。三人は右の轆轤に取り付く。

また、九兵衛から声が飛んだ。

「展帆、いそげ！」

鬼丸は無言で樫棒を押した。馬鹿力で轆轤がうんと回り、鉄兵はその場に取り残されそうになった。振り落とされないよう、必死に棒に取り付く。

最初は抵抗なくするすると回ったが、帆桁が帆柱の半ばに達したあたりから、簡単に動かなくなってきた。それでも鉄兵は力を込め続けた。

鉄兵が重みに苦しむいっぽう、大人二人は足元に苦労していた。轆轤の根元は細く削り取られており、そこに太い綱が巻き付いている。回転とともに綱はピンと張り、少し位置が高くなる。機敏な鉄兵はとにかくぴょんと飛ぶだけだが、鬼丸と甚左衛門にとっては、またぎにくい中途半端な高さだった。ここではっきりと動きが鈍った。

終了の号令がかかるや、汗だくになった鉄兵はその場に座り込んだ。他の二人も同じ状態だった。もう一方の轆轤の方では、笹丸が大きな柄杓《ひしゃく》をひっつかみ、樽《たる》から水を汲んで飲み干した。

天井の低い矢倉が、水夫たちの身体から出る湯気でいっぱいになった。

やがて中に入ってきた九兵衛は、皆の動きについて講評した。

「ご苦労、と言いたいところだが、おめえら、まだこの船にふさわしい動きはできてねえな」

半笑いで一同の顔を見渡した。

「俺は、これでずっとお前らの作業の速さを計っていた」

見せつけるように左右に振った。しゃかしゃかとした、聞きなれない音がした。

「砂時計だ。南蛮渡来の珍しいものだ」

ひょうたん形に中央を凹《へこ》ませた硝子《ガラス》の容器の中に黄色い砂を詰め、ひっくり返すことでその砂を落として時間を計る道具だ。

「結果は、笹丸組の圧勝だ。鬼丸組にくらべ倍は速い。言うまでもないことだが、帆の上げ下げは、時として船の運命を決めるくらいに大切なものだ。船一番の力持ちが大将だってのに、なぜか、おめえらはひどく遅いな」

九兵衛は鬼丸と甚左衛門を見つめて言った。

甚左衛門が荒い息を吐きながら肩をすくめ、

「俺たちもめいめい力は尽くしてるがよ。向こうは、なんといっても息が合ってらあな」

そう言って、笹丸たちのほうへ顎をしゃくった。

「みんな長年の連れだろ？　息が揃《そろ》うのは当然だ。笹丸は鬼丸に次いで力もちで、他の二人は笹丸の早さに合わせることができる。その点、こっちはでこぼこだ。鬼丸は力はものすげえが、俺は新参者ですべてにおいて人並み程度。鉄兵はまだほんの子供だ」

「不公平だってのかい？　この俺様が、力は釣り合うはずと踏んで組んだんだぜ。仮に負けるにしても、これほどの差が出るはずはないんだがな。もしかしたら、また誰かさんが手を抜いてやがんのかもしれねえな。とにかくこのままではまずい。鬼丸、大将のおめえが責任を持って、明日はなんとかするんだ。もし人を入れ替えたいのなら、俺に言えばいい」

そう言うと、鉄兵に鋭い一瞥《いちべつ》をくれて外に出ていった。

（三）

その日の夕飯は、芋と菜葉を鍋にした。竈門の火でぐつぐつ音が立つまで煮立て、味噌とはじかみ（生姜）を多めに刻み入れた。

はじめに掬《すく》った二杯と米を小さな盆にのせて、船頭の間で何やら相談を続けている船頭と梶取のもとへ持っていく。虎之助は「おう」と答えてくれたが、仁平は無言でうなずいただけだった。

次に布きれを手に巻いて、鍋ごと車座になった水夫たちのもとへ持っていく。あとはめいめいが自前の器へ勝手に掬って、勝手に食う。鳩飼いの姉妹も甲板に上がり、笹丸がさし招いて、脇に座らせた。

鉄兵がもらえるのは最後だ。輪の中に居づらいので、鉄兵は自分のぶんをよそうと、少し離れた舷側の垣立に寄りかかって座った。

はじかみと味噌《みそ》の主張が強くて塩からく、まるで美味《うま》くなかった。また九兵衛になにか言われるかと思ったが、意外にもこの濃いだけの味付けは、一日の重労働を終えた水夫どもには合っているらしく、特に文句は出なかった。

鉄兵は舷側から、沈む夕陽を見つめた。

蒼白い空を背景にして、黒い海の彼方に、黄色と赤ににじんだ光球がゆっくりと沈んでゆく。その境界には微かに陽炎がたち、音もなくゆらゆら揺れている。

ふと、背後に人気《ひとけ》を感じた。

「よっ、調子はどうだい」

さっきまで車座に加わっていた甚左衛門が、横にどっかと座った。外からは見えないよう腰に下げていた小さな瓢簞《ひょうたん》を見せて、

「飲むか?」

と尋ねた。鉄兵は、あわてて首を振った。

「ああ、まだガキだからな。顔に出るといけねえ」

甚左衛門はそうひとり合点して笑い、ふう、とため息をついた。

「いい奴らなんだが、余所者《よそもの》にゃあ、ちいとばかり当たりがきついな。話してると、気疲れしていけねえ。ちょっとここで息抜きさせてくれよ」

そう言ってしばらく、夕陽を黙って一緒に眺めた。

ふと甚左衛門に目をやると、袖がめくれ、肘《ひじ》のあたりに黒ぐろと太い線が描かれ、腕をぐるりと一周しているのが見えた。

「ああ、これか」

甚左衛門は笑い、鉄兵に教えた。

「これはな、入墨《いれずみ》というもんだ。西国の牢《ろう》から出るときに、無理やり入れられた」

「牢屋から？」

「まあな。若いころ、ずいぶん無茶をしてたんだ。その頃の名残だよ。俺は背中にも龍の彫り物をしてる。こっちは船乗りの証さ」

「おいらの、おとうもしてたよ」

「ああ、聞いた。江戸渡りをしくじっておっ死《ち》んだそうだな。気の毒なことだ」

「でも、この船の水夫たちは入れてないね」

「理由はさっき三木助に聞いた。九兵衛が入れさせねえんだ。してる奴には、消せって言うらしい」

「なぜ？」

「船乗りが彫り物をする理由は知ってるか？　難船して、ぶくぶく膨れた水仏になっちまったとき、誰だかわかるよう彫っとくんだ。だが九兵衛は、ぜってえに手下を死なせないと誓いを立ててる。だから彫ることを許さねえって。そういうところは立派な水夫長だよ」

「でも九兵衛さんは、おいらのことを嫌ってる」

「そんなこたあ、ねえよ」

甚左衛門は即座に返した。

「おめえはよくやってるよ。九兵衛もちゃんと見てるさ」

また鉄兵の肩をポン、と叩いた。

「新入りの炊《かしき》なんてのはよ、どの船だってこんな扱いだよ。みんなここから這い上がっていくんだ」

「九兵衛さんもそうだったのかな?」

「ああ、そうだ。鬼丸も笹丸も、三木助、儀助も、最初はきっとおめえと同じ辛《つれ》え思いをしたに違《ちげ》えねえ。だから、今のおめえの気持ちは、みんなわかってる」

「あんたも?」

「いや、俺は牢から出たあと、ちいとばかり変わった経緯《いきさつ》で船乗りになったんだ。だから見習いをした経験はねえんだよ。幸運だったな。いまのおめえを見てるとよ」

甚左衛門は苦笑して続ける。

「俺はよ、もとは堺《さかい》のからくり職人だったんだよ。祭りで使うような神輿《みこし》や人形やらを作ってよ。はばかりながら腕はよかったぜ。器用な質だからよ」

「それが、なんで船乗りに？」

「まあ、そこはいろいろさ。話すと長くなる」

甚左衛門はそう言って笑った。

「だからよ、からくり職人だった俺には、この船のすごさがわかるんだよ」

「帆を上げる仕組みのこと？」

「まさにそれだ。岩吉さんは、すげえ船大工だぜ。実は、くるくる回る蝉や滑車は、俺たちが作るようなからくり仕掛けで使う技なんだ。祭りの山車《だし》を見たことがあるかい？　西国の京や大坂といった大きな町じゃあ、どでかい山車が出て、その上で人形が踊ったり跳ねたりするんだよ」

「黒子《くろこ》が人形を持って操るんだろ？　那珂湊じゃ、そうだった」

「向こうのは違うのさ。人形が、ほんとに飛んだり跳ねたりするんだ。裏で俺たちからくり師が、細い糸を引っ張って右に左に動かしてるだけなんだが、見物の衆からは見えないんだよ。岩吉さんは、そこから思いついたんだ」

「帆もからくり仕掛けで動くの？」

「その通りよ。だが人形を動かすのと船を動かすのとでは、まるで話が違う。こんなでっかくて重たい帆を、あのぶっとい苧綱《おづな》で滑らかに動かして、海のどっちの方角にでも進める船を造るなんざあ、まったく、どえれえ仕事だぜ。俺にゃあ無理だよ」

「俺にゃあって、甚左衛門さんも船大工だったの？」

「ほんのいっときな。俺は飽きっぽいんだよ。器用な生まれつきだから、なんでも、やればすぐにできる。でも長くは続かねえんだ。そのまま性根を据えてやり続ければ一端《いっぱし》の人間になれるのに、すぐに目移りして、次に行っちまうんだ。本当は、この仕掛けは岩吉さんじゃねえ、俺が思い付かなきゃいけねえはずなんだ。からくり師で、船大工なんだから。でも思い付かなかった。思い付いたとしても、たぶんやろうとはしなかっただろうな。だから俺は今でも、こんななんだよ」

「立派な船乗りに見えるけど」

「ふっ、それは俺の小器用さに誤魔化されてるだけさ。ほんの上《うわ》っ面《つら》だけだよ。嘘《うそ》の多い俺様に、決して騙《だま》されるんじゃあねえぞ」

甚左衛門はニヤリと笑った。

「おめえは俺とは違う。すげぇ、ぶきっちょだ。だから苦労するだろう。でも頑張り続けりゃ、きっと本物になれるよ」

そう言うと瓢箪から酒を、ぐびりと口に入れる。目をつぶり、疲れたようなため息をついた。

「岩吉親分とは、知り合いだったの？」

甚左衛門は目をつぶったままかぶりを振った。

「親しい仲ってわけじゃねえがな。船大工をしてた頃の俺の師匠と、昔、長崎でいっしょに南蛮船を造ってたことがあるんだそうだ」

「南蛮船だって？」

「ああ。お上が国を閉ざしてからは、もう作れねえし、外から入ってくることもねえ。俺もまだ実物を見たことはねえよ」

「異国人が乗ってるんだよね。邪宗徒だって聞いたよ」

「難しい言葉を知ってんだな。奴らは天竺《てんじく》のゴアや、呂宋《ルソン》島のマニラから来てた。中には邪宗を説いてまわる奴らもいたって言われてる。でもほとんどはただの船乗りや商人だよ。俺たちと同じさ。見た目はまるで違うが、中身は変わらねえ」

「甚左さんの師匠って、もしかして南蛮人なの？」

「いや。師匠は普通の、小柄なじじいだ。昔は邪宗の信仰も、大船を造ることも許されていた時代があったんだ。その頃やってきていた宣教師たちが、てめえで木割を描いて、それを日《ひ》の本《もと》の大工に造らせようとしたことがあったらしい。俺の師匠と岩吉さんは、そこで一緒になったんだよ」

「どんな船を造ったの？」

「木割を見る限りでは、普通の船だぜ。だが日の本の船とくらべて、とにかくでかい。そんで手間暇がかかってる」

「南蛮船にくらべて、疾渡丸はどうなんだい？　勝てるのかい？」

「そもそもくらべられるもんじゃねえよ。目的が違うんだ。南蛮船は、陸地から遠く離れた海をただどこまでも進む船だ。外洋の荒波を喰らったってびくともしねえよう、ただひたすら頑丈に造られてる。だが日の本の弁財船は、まるで違う」

「どんなふうに違うの？」

「荷船なんだよ。荷を運んで、船主の収支が引き合うように造らにゃなんねえ。だから南蛮船のように、やたらと手をかけた造りにはできねえんだ。和船では、船底は全部、板だ。もちろん頑丈な木を使った板だが、南蛮船の船底は竜骨、つまり柱を中心に骨組みをし、火で炙《あぶ》って丸く曲げた細い板を一本一本継いでいくんだ。もう、気が変になるほどの長い時間が掛かるそうだよ」

鉄兵は、那珂湊の作事場で、樫の木に水をかけながら炙って曲げていた職人たちのことを思い浮かべた。あれは船首の水押《みおし》に使う特別な部材だったが、南蛮船では、船底のすべての板がそうやって造られるというのだ。

「和船は幅広でまっすぐの板を継いで箱のように組み上げて、手早く造ることができる。俺が計ったところじゃあ、かかる手間は南蛮船の半分ほどで済むはずだ。国が閉ざされている限り、弁財船が遠く離れた南蛮や唐国に行くことはねえ。だから、そこまで頑丈に造らなくてもいいんだよ。それに」

「それに？」

「弁財船じゃあ、舵は取り外しができて、いざとなれば船の上に引き上げることができる。これは、外海ではちいとばかり、まずい。取り外しができるとなると、その分そこが弱くなるからな。嵐に遭い、本気の荒波を喰らうとひとたまりもねえ。だが弁財船は、滅多に外海には出ないんだ。少しばかり弱くても構わねえ。むしろ舵を引き上げることで、浅い湊や泊《とまり》、なんなら川にだって入り込むことができる。これは南蛮船にはできねえ。小さい船に積み替えねえでも、たくさんの荷物を、湊に届けることができるんだ」

「和船のほうが、融通が利くんだね」

「ああ。戦が終わり、平らかになった世の中じゃ、いっとう役に立つ船だ。俺たちはその中でも、最高の弁財船に乗ってるんだ」

「そうなんだ」

「自分じゃ気づいてねえかも知れねえが、鉄兵、おめえ、実はすごく運のいい野郎だぜ。こんな機会、そうそう巡ってくるもんじゃねえ。ここで頑張りゃ、一流の船乗りになれる。おめえ、そうなりたいんだろ？」

「う、うん……」

「それにな、見たところ、この船にゃしんから悪い奴はいねえ。安心しろ、水夫どもはいずれ必ずおめえの仲間になる。仁平と手下どもはちいとばかり陰気だが、ありゃ、役目柄仕方のねえとこだろう。あの異国人もけったいな野郎だが、話してみればおもしれえ男だ。どうだ、悪い奴なんかいねえだろ？　いても、俺ぐらいのもんだぜ」

「甚左さんは、いい人だよ」

「ハハ、言ったろ、俺様の上っ面に誤魔化されるんじゃねえぞ。人は見た目じゃわからねえ。それぞれ背負ってる業《ごう》ってもんがある。荷船はな、そういう訳ありの吹き溜まりみたいなとこなんだぜ」

「船のみんなも、訳ありなのかな？」

「たぶんな。だけどよ、そいつが陸でどんな奴だったかなんて、俺たちにゃ関係ねえよ。

今はとにかく、みんな同じ船に乗ってる。みんな一緒に、風の吹くまま、あてどなく沖合を行ったり来たりしてる。いつかはどっかの湊に入るんだろうが、今はただ、ぷかりぷかりと波に揺られてるだけなんだ」

（四）

翌日の鍛錬に向けて、甚左衛門には策があった。

「いいか。轆轤でこちらが笹丸の組に勝てねえ理由だ」

夜になってから、甚左衛門は鬼丸と鉄兵をつっつき、船の後尾で水を呑《の》みながら言った。

「持ってる力の和でいうなら、こっちとあっちは、ほぼ互角だ。笹丸を八とするなら、あとはひとりあたま六ってとこだ。三人あわせていくつだよ？　鉄兵、言ってみろ」

「六がふたつだから……全部あわせて、二十」

「そん通りだ。お頭《つむ》がいいな。こちらの力は、鬼丸が十、俺が六、鉄兵が四だ。全部あわせれば同じ二十だ。九兵衛の言うことは、正しいんだ」

「じゃ、なにが違うんだ？　なんであんなに差が出る？」

無口な鬼丸が、珍しく苛立《いらだ》った様子で言った。

「単純に足すだけじゃ、ダメってこった」

甚左衛門は答えた。

「いいか、向こうは八と六と六だ。粒が揃ってる。こっちは十と六と四だ。でこぼこなんだよ。俺たちが勝てねえ理由は、おそらくそこだ」

「やっぱ、おいらが足をひっぱってるんだね、ごめんよ」

鉄兵はそう言ったが、甚左衛門は笑った。

「違う、そうじゃねえ。ここはてめえの持ってる強みがなにかよく考えてみるんだ」

「おいらの、強み？」

「そうさ。てめえは、まだ小さいということだ」

「小さいのが、なんで強みなのさ」

「てめえは、すばしこいんだよ。そんで小せえから、足元がよく見える。目の位置が低いから、根元に巻き付いてる苧綱がよく見える。だろ？」

「う、うん」

「その苧綱を、すぐ目の前で、鄭賢が座って支えてるんだよな」

「綱が上下に暴れないよう、低い位置に押さえてる」

「だがよ、結局はぐるぐる回る綱の勢いに押されて、少しばかり上下する。俺たちはそれをよく見て、細かく跳びながら避けなきゃいけない」

「おいらは跳ぶけど、あんたたちは、またぐ感じだ」

「その通りだ。それならほんとは下を見なくてもいい。だが、綱がつど高くなったり低くなったりするから、不安でつい見ちまう。目が上下にぶれるんだよ。目がぶれりゃあ、頭がぶれる。頭がそうやって上下に揺れてれば、おれたちはお前ほど、素早く進めねえぜ」

「そういうものか」

鬼丸が、ハッとしたように言った。

「そういうものさ。俺は元からくり師だ。からくりを上手く動作させるためには、仕掛けを安定させることが肝なんだ。この仕掛けを上手く動かすには頭を揺らさないことが一番大事だ。だから」

「だから?」

「鉄兵よ、おめえが肝だ。さっきはいちばん力持ちの鬼丸がみんなを引っ張った。だが俺たちはな、でこぼこの組なんだ。鬼丸が全力で引っ張ると、俺たち二人はそれに煽《あお》られてしまう」

「たしかに。凄《すご》い力だったから、おいら、少し置いてかれる気がした」

「置いてかれたのは、俺も同じだ。だから鉄兵、今度はお前が俺たちを引っ張れ。俺と鬼丸は、引っ張るお前を後ろから押す気持ちでついていく。それで、目の前に見える綱の高さを見張れ。大丈夫なようなら、一周するたび、よしと声を掛けるんだ。俺と鬼丸はお前を信じて下を見ず、ただ前だけを向いて轆轤を回す。そうすりゃもう俺たちはでこぼこじゃねえ。みんなが全力を出せるはずだ」

「でも、綱はいきなり暴れることがあるからな」

鬼丸が、まだ不安そうに言う。しかし甚左衛門はにこっと笑い、大男の肩をつかんで軽くゆすった。

「安心しろ。さっき、鄭賢とこっそり話をつけてきた。綱をなるべく上下にぶらさねえよう、いつもより強く押さえるようにする、とな」

「おい、それって、ズルじゃねえか」

「ズルなもんかい！　なにも相手をだまくらかそうって話じゃない。寄せてくる波を、あらかじめ少し静かにさせとくだけの話だよ」

鬼丸は、やっと納得したようだった。今度は目を輝かせて聞いた。

「そうすりゃ、勝てるか？」

「ああ、勝てる。きっと勝てるともさ」

翌朝は、珍しくいつものいびりが無かった。

鳩のフンカキを終えた鉄兵は、黙って四つん這いとなり、ごしごしと力を込めて甲板のあちこちを椰子摺して回った。いつものように飯を作り、後から甲板に出てきた水夫たちのもとに持っていく。

今日は虎之助と仁平も外に出てきて、三太郎や蝶介と話しながら一緒に飯を食った。

正午、鍛錬の刻限となった。

鉄兵は鬼丸、甚左衛門とともに轆轤に取り付いて、九兵衛からの合図を待った。

「さあ、行こうぜ。今日は勝てる。きっと勝てるさ」

甚左衛門の声が聞こえた。鉄兵は大きくうなずいた。

やがて、九兵衛からの声が聞こえた。

「半帆《はんぽ》。急ぎ回せ！」

鬼丸が、ヤッとかけ声をかけたが、最初に走り出したのは鉄兵だった。目の前を蛇のように激しくのたくる苧綱と、それを押さえつける鄭賢を見て、まず、

「よし」

と叫んで蟬につながる綱の上を跳んだ。

あとにつづく鬼丸と甚左衛門は、下を向かず、頭を高い位置に保ったまま、同じ高さを

またいで進んだ。轆轤は滑らかに、素早く回った。

二周目となり、鉄兵はまた鄭賢の手元を確認して、

「よし」

と叫んだ。そして跳んだ。

鬼丸と甚左衛門がまたいで進む。

三周目、少しだけ鄭賢の力が抜け、綱が高くなったように思ったが、鉄兵はいけると踏んだ。そこで、

「よし」

と叫んだ。跳んだ。あとの二人が続く。

指示は半帆なので、帆のずっしりとした重みを感じる前に終わった。展帆の滑らかさに驚き、九兵衛が外から顔を覗《のぞ》かせた。状況を確認すると、小さくうなずいてまた外に出た。

組が交代した。

轆轤に取りついた笹丸が、少しこわばった顔で鉄兵を睨《にら》んでいた。ほどなく、九兵衛から号令がかかった。

「全展帆」

「さあ、押せやい！」

笹丸はよく響くしゃがれ声で叫び、全力で樫棒を押した。三木助と儀助もあとに続き、うんと勢いよく押した。轆轤は煙が出てきそうな勢いで回転をはじめ、三人は息の合った動きで次々とのたくる苧綱の上をまたぎ越え、最後はきれいに静止した。

笹丸は満足げな表情で二人の相棒を眺め、甚左衛門を、続いて鉄兵を睨んだ。

「速すぎるぞ」

甲板から九兵衛が顔を覗かせて注意した。笹丸の表情が曇った。

急ぎすぎたのだ。

指示は、急ぎではなかった。甲板の状況次第では、少しゆっくりと確実に上げるほうが良い場合もある。しかし先ほどの右の轆轤の意外な速さを意識しすぎて、速めに轆轤を回してしまったのだ。

続いて、次の変針を試すための風が来た。

「半帆。確実に回せ」

笹丸たちに指示が飛ぶ。今度は慎重な動きで樫棒を押して注文通りの動きを決めた。続いて鉄兵たちの番がくる。

「半帆。やや速め」

慣れてきた鉄兵が、軽やかな足取りで仲間を引っ張り、鬼丸と甚左衛門は後ろから大人の力を添えて支えた。速さの頃合いも完璧だった。続いてまた指示が飛んできた。

「展帆。また急げ」

鉄兵は前に飛び出した。今度は余裕があり、綱を押さえる鄭賢がかすかに微笑《ほほえ》んでいることに気づくほどだった。またも素早く、正確な動きだった。

甲板では、帆桁のいつも以上の滑らかな動きに驚いたらしく、虎之助までが顔を覗かせた。


このさまを見ていた笹丸は、内心、焦りを感じた。

先ほど少し急ぎすぎた以外、自分たちに失点はない。しかし、昨日は息の合っていなかった相手が、今日は完璧なのだ。なぜこれほど腕を上げたのか。

考えている間に、次が来た。

「展帆。急げ」

笹丸は虚をつかれて、慌てて掛け声をかけた。

「お、押せやい！」

そうして力まかせに樫棒を押し、いつも以上の速さで前に進んだ。後ろで、二人の男がわずかにつんのめるのがわかった。

いつもなら、笹丸が仲間に合わせて力を加減するのだが、今回は急ぎの指示だったこともあり、つい本気を出してしまった。

揃っていた粒が弾けて、ばらばらになった。

轆轤は大きくがたごとと音を立てた。回り方がいびつだったので、苧綱がいつも以上に暴れた。予期していなかった鄭賢は、綱をうまく押さえこむことができなかった。つられて笹丸たちはぶざまな回り方をした。最後は、つんのめった笹丸が、のたくる苧綱に足をひっかけてつまずいた。

上から覗いた九兵衛は、顔をしかめた。

この日の鍛錬は陽が落ちる直前まで続いた。

海を吹き渡る風や潮の具合がよく、操帆や操舵を試すのにまたとない日だったので、虎之助が、夕飯の時間を日暮のあとにずらしてまで続けたのだ。

轆轤に取り付いていた二組の水夫たちはさすがにへばり、それぞれ矢倉の壁によりかかりながら、息をついていた。

誰も喋《しゃべ》ることができない。ただがぶがぶと水を呑み、太ももやふくらはぎを手で揉《も》んでいた。向こうの壁で盛大に湯気を立てている笹丸が、ぎろりと鉄兵を睨んでいた。

はじめは不安定な動きを見せた笹丸組だが、その後は地力を発揮し、冷静になった笹丸の巧みな主導で、持ち前の滑らかさを取り戻した。

鬼丸組は後半、疲れの出てきた鬼丸の動きが鈍り、また先頭を駆け続けた鉄兵の動きも不安定になった。そして何より、必死に苧綱を押さえてくれていた鄭賢が耐え切れなくなり、綱の上下動が激しくなってきた。

そうなると鉄兵は、よし、ではなく、注意、のかけ声をかけなければならず、頭を下に向けざるをえない甚左衛門と鬼丸の勢いが削《そ》がれることになった。

二組の出来は、五分と五分といってよかった。

やがて九兵衛が矢倉に入ってきて、淡々と伝達事項のみを伝えた。

「今日はこれで終わりだ。もう炊事をする暇はねえから、今日は芋と朝の残りの冷や飯で済ます。そのあとは岸に近づき、そのまま地乗りで平潟《ひらかた》の湊へと向かう。二交代で、夜通しずっと海を見張るんだ。明日はもう一度沖に出て、最後の鍛錬を行う」

甚左衛門が、やっとのことで声を出した。

「で、今日はどっちの勝ちだい？　いい勝負になったと思ったがな。いや、たぶんこちらが勝ってたぜ」

右手を斜めに揺らす。砂時計で計測した結果を教えるように促したのだ。

笹丸が甚左衛門を睨んだ。大汗をかき、ひときわ大きな息をついていた鬼丸も、柄杓で水を呑みながら九兵衛のほうを見た。鉄兵も、目を輝かせながら砂時計が出てくるのを待った。

九兵衛は言った。

「ああ、今日は、計ってねえ」

「なんだって！」

甚左衛門が大声を出した。いつも如才のないこの男が、珍しく怒りをにじませていた。

「計ってねえって、どういうことだよ。組に分かれての勝負なんだろ？」

無口な鬼丸までが、はっきりと不満を口にした。

しかし九兵衛は、涼しい顔でこう言った。

「今日も計ると、俺が一言でも言ったか？　きのうはたまたま計っていただけのことだ。おめえらの組があまりにも遅いもんでな。それに今日は良い風が次々吹いてきたから、甲板上の作業が忙しすぎて、砂を落とす余裕なんて無かった」

「おいおい、勘弁してくれよ。俺たちゃ絶対に勝ってたぜ」

甚左衛門はなおも言い募ったが、向こうの壁から笹丸が大声で言い返した。

「ふざけんな、引き分けだよ！　後半は、絶対あたいたちの方が速かった」

九兵衛は笑いながら、手下の仲間割れを楽しむような口ぶりで割って入った。

「まあ、これまでさんざん味方の足を引っ張ってた炊が少しは仕事をするようになって、おまえらもずいぶんマシにはなったらしいからな。明日、決着をつけるということでどうだ？　ご希望とあれば、今度は俺がしっかりと計ってやろうじゃねえか」

（五）

「ちくしょうめ、九兵衛の奴。ありゃ計り忘れなんかじゃねえ。絶対にわざとだぜ」

甚左衛門は、まだ怒っていた。

「でもたしかに、計るとは言ってなかった」

鉄兵が言うと、すかさず、

「おめえは、どこまでお人好《ひとよ》しなんだよ！」

と怒声が返ってきた。

鉄兵はびくっとした。すると甚左衛門はあわてて笑顔を作り、

「すまねえ、すまねえ。つい、カッとなっちまったよ」

と言って、おどけたしぐさで自分の頭をかいた。

横で聞いていた鬼丸が言った。

「甚左の気持ちはよく分かる。俺も悔しい。だが俺たちにも力があることはわかった。明日、正々堂々と勝負して勝ちゃあいいんだ」

「確かにその通りだ。さすがは大将だ。鉄兵、今のはすまなかった。つい地金が出ちまったよ」

「大丈夫だよ。それにしても惜しかった。今日は絶対勝ったと思ったのに」

「甚左の策は当たったった。明日もこれをやり切れば、きっと勝てる。今日は俺が一番に疲れちまった。明日はもっと長く持たせるようにするよ」

鬼丸は、どことなくうれしそうに言った。

「でもなんだって、笹丸はあんなに勝ち負けにこだわるんだ？　なんだか、負けたら死んじまうくらいの勢いで、こっちを睨んでたが」

鬼丸が答えた。

「あいつにも、いろいろと事情《まえ》があってな。可哀想《かわいそう》な女子《おなご》なんだよ。負けたら、本当に死んじまうようなところで育ったんだ。だからあいつは負けを認めない。だが本当は、一度くらい負けて、それをきちんと認めなきゃいけねえんだ。明日、俺はあいつを絶対に負かしてやる」

鬼丸にしては、饒舌《じょうぜつ》に喋った。詳しくはわからないが、笹丸に寄せる深い思いが伝わってきた。

甚左衛門と鉄兵は、そのまま黙った。


船尾でひとり、冷えた飯と干からびた芋の晩飯を食うと、鉄兵はその場でごろりと横になった。

月が中天にかかるまでは非番だ。昨日、今日と、とても身体が疲れていた。ここで少しでも疲れをとり、明日の勝負に備えておきたかった。

途中、鄭賢が水を呑みにやってきた。鉄兵は目を開けたが、鄭賢は手でそのままにしていろと合図した。

「昼間は、すまなかったね。もっと長く綱が暴れるの押さえときたかったんだけど、足のふんばり利かないよ。あたしもうちょい頑張ってたら、あなたたち、きっと勝てた」

「とんでもねえ。すげぇ助かった。おいらはお礼しか言えないですよ」

鉄兵は丁寧に言った。だが鄭賢は構わず、

「あなた、足疲れてるね。ちょっと待ってて」

そう言うと船内にひっこみ、薬嚢《やくのう》を抱えてきた。そこから壺《つぼ》を取り出した。

鉄兵が驚いて起き直ると、鄭賢は、

「さ、寝っ転がる！　寝っ転がる！」

左手で鉄兵の足をつかみ、壺に右手を入れ、なにかぬるりとしたものを足裏に塗り出した。次に鄭賢は、とんでもない力でごりごりとあちこちに拳と指を押しつけた。鉄兵は驚いて思わず唸った。

「だめ、だめ。足に力を入れちゃだめ。おなかから息吐いて、落ち着いて、力を抜いて。そうすれば痛くない」

鉄兵は、言われた通りにした。

ほどなく慣れてきた。拳を押しつけながら鄭賢は続ける。

「これ、あたしの国に伝わる秘術よ。足の裏には、経穴《けいけつ》というものがあちこちにあるの。それ押すと、身体のいろんな部分の疲れが取れるのよ。人の身体は、ほんとに不思議。日本人はまだ知らないね。明日は絶対、まるで別人のように足が動くよ」

「なんだかズルしてるみたいだけど、疲れがとれている感じがするよ」

「ズルは、いいのよ。ちょっとくらいならいいの。だけど、きっと明日はそれどころじゃないよ。もうすぐ南のほうから大きな嵐来るね。早く逃げないと。だから、もしかしたら勝負はもっとあとになるかもね」

鄭賢は言ったが、気持ちよさにぼうっとなった鉄兵は後半を聞いていなかった。そのまますやすやと寝てしまったのだ。

鄭賢は笑い、鉄兵を起こさぬようそっと立ち去った。


まだ月が中天にかかるよりだいぶ前、鉄兵はふと目を覚ました。

鄭賢はいなくなっていたが、足がほかほかと温かく、先ほどまで感じていた疲れが吹き飛んでいた。

これなら、明日の勝負に勝てる気がした。

大将の鬼丸は、やる気になっている。

詳しくはわからないが、相手の笹丸のためにも、絶対に勝たねばならぬという使命感を持っているようだ。抜群の膂力《りょりょく》は、笹丸の力と速さに十分対抗できる。

これまでは足を引っ張ってばかりだった自分も、強みを見つけた。

明日は、やり切ることだけを考えよう。そうすれば、きっと勝てる。笹丸たちに勝てば、いつか海にも勝てる。父を奪った海の奴に復讐《ふくしゅう》してやれる。


しかし、ひとつだけ気になることがあった。

甚左衛門だ。

いちばん非力な鉄兵が逆にみんなを引っ張るという思いつきをさらりと言ってのけ、そして実行してしまう男。

朗らかな笑顔で、いつも鉄兵を気にかけてくれる。船の上での、自分のただ一人の友達。

だが甚左衛門は、今日は少し様子がおかしかった。

勝ったはずの勝負を九兵衛に誤魔化されたとき。甚左衛門ははっきりと動揺し、苛立ち、怒りを鉄兵にまでぶつけてきた。

もちろん、それはほんのいっときだけのことだ。彼はすぐに思い直し、きちんと謝った。いつもの様子に戻ったように見えた。

しかしそのあとも鉄兵と目を合わせず、どこかへ消えてしまった。それ以来、姿を見ていない。どうしてしまったのだろう。

そのとき、鉄兵は異変を感じた。

船が揺れている。

寝入ってしまう前まで海は静穏だったが、いまは様子が違う。甲板が左右に揺れている。波が大きな音を立てて船腹にぶつかり、板が軋《きし》み、上空には突然風がびゅうと音を立てて吹き渡った。疾渡丸の一枚帆は風に煽られているように見える。気のせいか船の速度も上がっているようだ。

鉄兵は、寝てしまう前に鄭賢が言っていたことを思い出した。

「嵐が、来るんだ」

疾渡丸に乗り組んではじめて体験する嵐だ。いや、自分が生まれてはじめて遭遇する、本物の海の嵐だ。

とうちゃんを殺した海の魔物が、もうすぐここにやって来る。恐ろしい海の嵐が、この船を追いかけてくるんだ。

全身が総毛立ち、首筋がじんじんと竦《すく》んだ。

いま船の舳先は北を向いている。もうずいぶん岸に近づいている。このまま地乗りを続ければ、おいらたちは嵐を避けて平潟の湊に入ることができる。

鉄兵は胸のうちでつぶやいて、心を落ち着けた。

ゆっくりと空を見渡す。

上空では勢いよく雲が流れてゆき、北へ向かって飛び去っていく渡り鳥の群れがあった。そのあとに、こちらに向かってくる小さな鳥の影が見えた。

虚空に大きく円を描くように飛び、疾渡丸の周囲を旋回していた。風に乗るとあらぬ方向に押し流される。けなげに羽ばたきながら嵐に抗《あらが》っている。

足元で声がした。

「ヒビキだわ。ヒビキが帰ってきたんだわ」

鳩飼の姉妹の妹、翠《みどり》が、甲板の床下から顔を覗かせていた。

翠は、そのまま梯子《はしご》をつたって甲板に上がってきた。船が大きく揺れ、よろけたが、鉄兵が慌てて肩を押さえた。

「さあ、ヒビキ。よく戻ってきたわね。こっちよ。こっちへいらっしゃい」

懐《ふところ》から綺麗に装飾された篠笛を取り出して口に当て、甲高い、なにか物哀《ものがな》しい調べを奏ではじめた。暴風の中、その音は空を突き刺すように鳴りわたり、鳩も音の方向に向かってきた。

姉の綾《あや》も甲板に上がってきた。鳩は、やがて姉妹の方を目がけて急降下し、足元にちょんと降り立った。

姉妹は一緒に、手のひらで鳩を取り上げた。足に、こよりのようなものが結びつけてある。

綾はそれをほどくと、真剣な面差しで船頭のところに持っていった。

「あれは、何なんですか？」

鉄兵は聞いた。

ヒビキの頭をなぜていた翠は、得意そうに答えた。

「この子は、伝書鳩なのよ。江戸表から飛んできたの。まだ那珂湊で造っているときから船の中に入れていたから、ここが自分のおうちだと思っているの。そんな鳩が、江戸にはまだ三十羽はいるわ。江戸から船へなにか書状を届けたいとき、この子たちは飛脚よりもずっと速く、船に手紙を届けることができるの」

「そんな……疾渡丸はだだっ広い大海原の上をいつも動いているのに！　なんでわかるんですか？」

「不思議よね。こんなことができるのは、鳩だけなの。私の家は、先祖代々の鷹匠《たかじょう》の家系よ。私たちが育てると、鳩は動いているおうちを探し当てて、帰って来ることができるようになるの」

「いま大きな嵐が来てる。でもこの鳩は、その嵐を飛び越えて来たんですね……すごいや」

「鳩たちの中でもヒビキは特別なの。もしかしたら、他の子たちも何羽か空に放たれたけど、墜《お》ちて死んでしまったかも」

翠は、悲しそうに首を振って言った。

やがて船頭の間から虎之助と仁平が出てきた。綾は両手を臍《へそ》のあたりで組み、俯《うつむ》いてついてきている。高貴な姫君のような仕草だった。

虎之助の顔は真剣だった。仁平は目つきが特別に険しく思えた。虎之助は、舳先のほうを向いて九兵衛を呼んだ。

「北へ向かうのは取りやめだ。今から変針し、南へ向かう」

九兵衛は、びっくりして叫んだ。

「冗談でしょ？　そっちのほうから、いま大風が吹いて来てんだよ」

「わかっている」

「意味がわかんねえ。わかるように説明してくだせえ」

脇から仁平が口を開いた。

「たったいま、江戸からつなぎの鳩が飛来した。疾渡丸はいまから南に向かい、なるべく速やかに鹿島灘《かしまなだ》を突破せねばならぬ」

「なんだって？　江戸渡りをするってのか！」

九兵衛は、大声で叫んだ。

「緊急の命《めい》なのだ。従うしかない」

「ちっ、裏の船主からのご指示かよ……いいですかい、まず嵐が来てんのに、わざわざてめえからそっちのほうに突っ込んでく馬鹿があるかい。しかも、突っ込む先はあの犬吠埼だよ。海が静かなときでも難船が出る、名うての難所だ。どの船乗りも恐れる江戸渡りを、あんたは嵐の中しようって言ってんだぜ」

九兵衛は二人に食ってかかった。虎之助が、荒ぶる水夫長をなだめるように言う。

「厳しいことは百も承知だ。だが、このようなときになおも貴重な鳩を飛ばして指示してくるというのは、仁平に言わせれば、よほどのことらしい」

「俺たち、みんなおっ死《ち》ぬかもしれねえんですよ」

「もちろん俺だって行きたくはない。だが、ここ数日の皆の鍛錬具合を見ていたら、無理ではない。九兵衛、あんたの仕込みがいいからだ」

「おい、船頭。おだてたってだめだぜ。静かな海の上で水夫たちをいくら仕込もうと、しょせんはただの鍛練だ。嵐の中の江戸渡りとは訳が違う。俺は昔、実際にやったことがあるんだ。無理だよ、人の力じゃ絶対に無理だ」

「嵐の中で江戸渡りをしたことがあるのか?」

「ああ、あるさ。船はあえなくバラバラになり、俺以外はみんな死んだよ。あんな思いをすんのはもう二度とごめんだ。俺は、水夫たちの命に責任を持ってるんだ。いくら船頭の命令だろうと、そんな無茶にはつきあえねえよ!」

「九兵衛、おめえさんは、さぎり丸を降りて、自ら望んで俺の配下になった。江戸渡りを成し遂げ、さぎり丸の仇討《かたき》ちをしたいと言った。それは俺を信頼できる船頭だと思ったからだろう?」

「あんたのことは信頼してたよ。今の今までな。だが、そんな無責任な馬鹿だとは思ってなかった。へっ、あんたもしょせん、ただの雇われ船頭だったか」

「行かねばならぬ。私は、おぬしを斬ってでも船を進ませる」

仁平がぎろりと目をむいて言い切った。そばにいた鉄兵はすくみあがった。

「おう、斬るなら斬りやがれ！　だが俺を斬って、水夫たちがおめえの言うことを素直に聞くと思うなよ。刀で脅して嵐に突っ込もうが、みんなの心がひとつになってなきゃあ、どうしようもねえ。船も人もばらばらになるぜ。最後にゃ仲良く全員が水仏だ」

「一蓮托生《いちれんたくしょう》という奴だな。九兵衛、この船からはもう誰も降りられねえんだ。だから、全員が力を合わせなきゃならねえ。頼む、力を貸してくれ」

「ふん、これじゃ、さぎり丸に乗ったままの方がよかったぜ」

すると、九兵衛の配下、物見の三木助が声を上げた。

「水夫長《おやじ》。俺なら嵐でも帆柱の上に登れる。高いところから、岩礁や岸辺を見張ることができる。今夜は嵐だが、真っ暗闇じゃねえ」

「なに?　てめえ、出し抜けにいったい何を言いやがる」

九兵衛は、子飼いの手下からの思わぬ造反に驚いて叫んだ。

「てめえたちのために俺はいま突っ張ってるんだ、後ろから邪魔すんな！」

三木助は、なおも言い張った。

「いま、さぎり丸の名前を出したろ？　あのクソみたいな航海の前にケツまくって船を降りた、あんたの決断には感謝してるよ。俺たちはおかげで命を拾った。だが、同時に俺たちは、代わりに死んだ奴らに借りがあるんだ。だから俺は奴らの仇を取ってやりたいと思い続けてきた。いまこそ、その好機だよ」

「なに？」

「この嵐だよ。こいつはきっと、さぎり丸を沈めた嵐よりも激しい奴だ。俺たちは疾渡丸で、こいつをやっつけてやるんだ。海が穏やかなときに江戸渡りをしてどうすんだよ？　この嵐をやっつけてこそ、仇討ちだろ？」

三木助の横から、儀助も口を出した。

「それに……よくはわからねえが、鳩ぽっぽが運んできた江戸からの手紙ってえのは、きっと大切な用件なんだろ？　なら、この仕事には意味があるってことだ。さぎり丸は、まるで無意味な船出をして沈んだ。だから悔しいんだよ。俺たちはもっと意味のある仕事で、江戸渡りをやってみせるんだ。それでこそ弔《とむら》い合戦だぜ」

次に、珍しく鬼丸が口を開いた。がつんと言い切った。

「水夫長《おやじ》、俺たちはいま、さぎり丸よりずっといい船に乗ってる。俺たちは、やらなきゃならねえ。海に沈んだあいつらのためにな。大丈夫だ。今の俺たちなら、きっとやれるよ」

笹丸も鬼丸の近くに寄ってきて、そのままじっと九兵衛を見つめた。

「お、おめえら……」

九兵衛は、思わずたじろいだ。

「頼んだぞ、水夫長、下手回しで南へ向け変針する。皆を準備させろ」

虎之助は手短に言い、九兵衛の肩を叩いて立ち去った。

九兵衛は下を向き、うあっ、とひと声だけ大きく叫ぶと、矢継ぎ早に指示を下した。

「三木助、帆柱に取り付く準備をしろ。いくらおめえでも危ねえから、ちゃんと命綱を付けとくんだぞ。鬼丸、甚左、炊。おめえらは轆轤に取り付け。いったん帆桁を下げて潮に乗るが、すぐに風向きを見て指示を出す。笹丸と儀助は、右と左の帆綱につけ！」

水夫たちが、オウ！　と叫んで、それぞれ指示された場所へ散った。

九兵衛はぎろりと公儀隠密《こうぎおんみつ》どもの一団を睨み、断固とした口調で指示した。

「おめえらも働け。仁平は舵を見ろ。脇の押さえは要らねえ。蝶介と三太郎はそれぞれ、笹丸と儀助に従って帆綱を操るんだ。ぼやぼやすんな」

瞬間、仁平たちは戸惑った。いつもなら九兵衛は自分たちに指示を出さない。

だが今は非常時だ。皆が全力を尽くす必要があった。九兵衛は声を限りに、わかりの遅い船乗りたちをどやしつけた。

「さあ、さっさと掛かれ！　いまから嵐に突っ込むんだ。これから、俺たちと海の野郎との勝負なんだ。わかったら、ちゃんと大声で返事をしろやい！」

（六）

強風が、鹿島灘の沖から陸地へ向けて吹き付けていた。

絶壁にぶつかり、陸地の木々を根元から揺らす。大きな渦を巻くように吹きすさび、やがて陸地を離れ、ふたたび沖合のほうへ戻るように去っていく。

風に乗って雨が四方から叩きつけるように降ってくる。遠くの空で稲妻がひらめき、刻刻《ぎざぎざ》な鋸刃《のこぎりば》が何本も落ちて、背後から白い光がじんわりと闇を照らす。

海水は真っ黒く、意思を持った生き物であるかのように盛り上がり、のたうち、鋭い岩礁の刃《やいば》に切り裂かれ、真っ白い飛沫《しぶき》を盛大に噴いて粉々に砕け散った。

その沖合を、斜めに展帆した疾渡丸が、荒波をかき分けて進んでいる。船上では、上空の複雑な風の動きを読んで虎之助が方角を指示し、九兵衛が中継して、水夫たちが懸命に命令を実行していた。

指示が飛んでくるや、轆轤が回り、舵が切られ、甲板では皆が風雨に打たれながら右に左に走り回った。綱をほどき、暴れる帆をなだめすかしながら前に進んだ。暴風をいっぱいに受けた疾渡丸は、帆船の常識をはるかに超えた速さで南下を続けていた。

波は、ゆうに疾渡丸の舷側と同じくらいの高さに達している。甲板は大半がはめこみ式の揚板で、水を防がない。船内はもう、波と豪雨とで水浸しになっていた。

先ほどから大型の揚水筒《ようすいとう》、通称「大ずっぽん」を据え付け、儀助が必死に活塞棒《かっそくぼう》を押していた。船底に溜まった海水は次々と押し上げられ、樋《とい》の上から勢いよく舷外へ排水されていく。

最下層の甲板にいた鳩たちと飼い主はすでに上の矢倉に避難している。姉妹は、あまりの揺れにときどき嘔吐《おうと》しながら、怯《おび》える鳩たちに語りかけ、落ち着かせようとしていた。

「さあ、正念場だぞ！　三木助、登れるか？」

九兵衛が、大声で呼びかけた。即座に三木助は答えた。

「もちろんだい！」

そう言って命綱ひとつ腰に巻き、杉材の帆柱に取り付いた。濡れた柱の表面はつるつると滑るが、三木助はわずかな足掛かりを頼りにまるで猿《ましら》のように登っていった。

「相変わらず身軽な野郎だ。それとも、危険という言葉をまるで知らねえ、ただの馬鹿なのかもな」

九兵衛は誰に言うともなくそう言い、沖合をすかし見た。

遠くに水際が見えた。強風は、そこから容赦なく吹き付けてくる。九兵衛は、風に押されて船が右舷方向にじりじりと横滑りしているのを感じた。

やがて帆柱の頂上から声が降ってきた。

「さあ、上がったぜ。いま、てっぺんにいるよ！」

三木助の叫び声だった。九兵衛は、即座に叫び返した。

「帆が暴れてるからな、帆桁の跳ね上がりに気をつけろ！」

「がってんだ！　遠くに陸地の影が見える。ありゃ、犬吠埼だ。白波がじゃんじゃん立ってて、はっきりと見えらあ。このまま進めば、突破できるぜ」

気軽な声音で言ってきた。

帆柱の真上は、とんでもない勢いで揺れる。暴れる帆布《はんぷ》や帆桁を避けつつ、なお雨にも打たれながら前方彼方を見張るという芸当は、並の水夫ではできない。九兵衛はあらためて、三木助の技と勇気に舌を巻く思いだった。

疾渡丸は減速することなく、強風の勢いを利用して、小山ほどもある波の斜面を駆け上がった。頂点に達し、一刹那だけ動きを止めてから、すとん、と深い波の谷間へと落ち込んでいく。

船に乗る全員の身体が浮き上がるように揺さぶられ、何人か床に叩きつけられ、苦悶《くもん》の声が上がった。

「次の波が来るぞ、つかまれ！」

九兵衛はそのつど大声で叫んでまわり、誰も波浪にさらわれないよう注意をはらった。

前にここへ来たときのことを思い出す。あの時は三人もの熟練水夫が波にさらわれた。手が足りなくなり、帆柱を無理やり切り倒すしか、生き延びる術《すべ》がなくなってしまった。数人がかりで斧《おの》を振るい、なんとか倒した。あとは碇《いかり》を投げて風上に舳先を向け、暴風が収まるのを待つしかなかった。

結局、九兵衛たちの祈りは通じなかった。

船体は呆気《あっけ》なく崩壊し、九兵衛は波間に投げ出された。

気がつくと、ひとりだけ浜辺に打ち上げられていた。

九兵衛は、はっと我に返った。

周囲を見回し、仲間の安否を確認した。

船頭も、梶取も、水夫たちもみな無事だ。鉄兵も儀助もすっぽんの脇にいる。甚左衛門の姿が見えなかったが、きっと手の足りないところに、てめえの判断で手を貸しに行っているのだろう。心配はいらない。

これは、いい船だ。

乗っているのは、最高の水夫たちだ。

疾渡丸は沈まない。

帆柱を切り倒す必要もねえし、天に命乞いをする必要もねえ。

三木助の言葉を思い出した。俺たちは、やれる。

あの野郎。俺にはいつだって忠実だったのに。仲間ともども、初めて造反しやがった。

だが奴の言うことは正しかった。

「俺たちなら、やれる」

九兵衛は、声に出して言ってみた。そこらじゅう轟音《ごうおん》だらけなので、誰かに聞かれる心配はなかった。

はっと気づいた。

その言葉を発した本人の安否をまだ確認できていない。

帆柱のてっぺんは夜の闇に溶け込み、下から見ることはできない。しかも、先ほどから奴の声を聞いてない。

「三木助！」

九兵衛は、夜空に向かって叫んだ。

「三木助、大丈夫か？　いまどうなってるんだ？」

返事はなかった。

嫌な予感がした。九兵衛はあわてて柱を回り込み、頭上を見上げた。

柱の中ほどの高さに、命綱を付けたままの三木助が空中でぶらぶらと揺られていた。本人は気を失っているらしい。

強風に煽られ、頭を打ち、気を失ってしまったのだろう。

言わんこっちゃない、自信過剰の大馬鹿野郎が！

九兵衛は帆柱にとりついて登ろうとしたが、つるつると滑って登れない。仁平と、舳先にいた虎之助がすっ飛んできた。しかし誰も、宙ぶらりんになった三木助を救ってやれる者はいない。

「おいら、行きます」

ふいに脇から声がした。鉄兵だった。

「ふざけんな。半人前が、出過ぎた真似をするんじゃねえ」

九兵衛は反射的に吐き捨てたが、すぐに思い直した。

このガキの身の軽さを思い出したのだ。水夫としてはまだ半人前にも満たないが、身のこなしは一級品だ。

迷っている暇はなかった。九兵衛は、決意を込めた眼でこちらを見上げる鉄兵を正面から睨んだ。

「登れ。三木助を下ろしてこい」

自分でも意外なほど冷静な声音で、鉄兵に命じた。

鉄兵は黙ってうなずき、命綱を腰に巻いて、帆柱に取り付いた。

（七）

鉄兵は帆柱にぴたりと張りつき、登り始めた。

柱にはところどころ小さな切り欠きがあり、そこに手と足先をさし入れて、身体を持ち上げる。柱にまとわりついた綱を摑んで登ることもできるが、帆と通じているため、風の力でどう引っ張られるかわからない。

鉄兵は心配そうに見上げる水夫たちの顔をはるかに見下ろす高さまですぐに登った。顔をあげると、空中でくるくると回る三木助の身体が見えた。

鉄兵は冷たい風雨に打たれながら、力を振り絞った。

ついに三木助の帯に手が掛かった。引っ張ってみたが、綱が帆桁のどこかに絡まって下がってこない。鉄兵はさらに上まで登り、三木助に呼びかけてみた。返事はない。

「ほっぺたを叩け。生きてるかどうか確かめろ！」

誰かが下から叫んだ。鉄兵は言う通りにしたが、頰《ほお》を叩いても三木助は気がつかないので、胸元を摑んで揺り動かした。

「うん、うーん」

三木助は微かに反応した。鉄兵は生きていることを下に知らせた。綱が縦横にもつれている部分を少しずつほどいた。綱をそろそろと下に繰り出すと、三木助の身体はゆっくりと降下していった。作業を続け、やがて水夫たちの手が届く高さになると、三木助の身体はぐいと引っ張られ、下に横たえられるのが見えた。

三木助は、これで安全だ。

だが揺れる帆柱を摑んだ鉄兵は、頂点を見上げた。根元からでは闇に溶け込んで見えなかったが、ここからなら見える。主のいない鳩籠が据え付けられ、上で蝉がからからと音を立てていた。帆桁が風に煽られ、音を立てて何度も帆柱に激突した。

風は少し弱まっている。稲光りが消え、周囲に立ち込めた濃霧《のうむ》が視界を奪っている。船はゆらゆらと進んでいたが、鉄兵は、疾渡丸が海の上をずるずると横滑りしているような感触を覚えた。

嫌な予感がした。

意を決し、さらに上へと登り始めた。

三木助を介抱していた水夫たちも、頭上で起こった予想外の出来事に気づいた。

「鉄兵、さっさと降りろ！　何やってんだ！」

九兵衛が叫ぶのが聞こえた。みな口々に降りてくるよう叫んだが、鉄兵は聞こえぬふりをした。

「鉄兵、命令だ、降りろ！　余計なことしてねえで、さっさと降りてきやがれ！」

鉄兵はついに鳩籠まで辿《たど》り着いた。

ここは帆桁よりも高くなっており、船の前方を一面に見渡せる。もっとも、霧が立ち込め、明かりはわずかだ。

鉄兵はそこで恐ろしい光景を見た。

「右舷前方すぐ近くに岩礁！　このままじゃ、ぶつかります！」

下で、皆が前後に走るのがわかった。九兵衛は叫んでいた。

「おめえら、船の周りを見張れ！　近くに岩がねえか、ばらけて見張れ！」

鉄兵の目の前で急に帆桁が下がり、帆が畳まれた。誰かが轆轤に取りついて必死に回しているのだ。

先ほどの不気味な横滑りは、気のせいではなかった。

風の力や波の力とは違う、この海域の複雑な潮流の作用で、疾渡丸はどんどんと岸に吸い寄せられていたのだ。

虎之助の持つ磁石で方角はわかるが、岸との距離は測れない。

不測の事態に見舞われたことと、立ち込めてきた霧のせいで、誰も察知できなかったのだ。

疾渡丸は急転舵し、すんでのところで岩礁をかわした。

続いて鉄兵は叫んだ。

「左舷前方に岩礁。少しだけ面舵《おもかじ》願います！」

下で九兵衛が復唱し、間髪《かんはつ》を容《い》れずに舵が効き、船は舳先の向きを変えた。

「宜候《よーそろー》。しばらく宜候」

鉄兵は指示を出し、夜霧の合間をすかし見て、前方の状況を探った。

船出する前、岩吉親分に聞いた昔話を思い出した。自船を誤って誘導してしまい、危機に陥り、味方二艘を犠牲にすることになった大失敗を。

身体の芯から、ぶるりと震えた。

いま、おいらは、まさに若い頃の岩吉親分とおんなじところにいるんじゃないか。まるでおんなじ仕事をしてるんじゃないか。

もしおいらが何かを見落として、あるいは見間違えて、船を誤ったほうに突っ込ませてしまったら……全員が死んでしまうんだ。

しっかりしろ。

大丈夫だ。おいらは、できる。きっと、できる。

ふいに、耳元で声が聞こえたような気がした。

「おめえは、よくやってるよ。ほんとによく頑張ってる」

甚左衛門の声だった。あたりを見回したが、もちろん誰もいない。

「みんな、ちゃんと見てるよ……わかってる。おめえは、きっといい船乗りになる」

また聞こえてきた。

これは、きっと空耳だ。

鉄兵は頭を振り、意識を集中した。

右舷前方、視界の右側を塞ぐように、大きな黒い影がぼうっと浮かび上がっていた。そのたもとには、激しく白い波が立っている。

「あれはきっと、犬吠埼だ」

銚子湊に入る前、真っ昼間だったが遠目に望見したあの岬だ。あのときは白く輝く岸壁がずっとずっと長く延びていた。今はぜんぶが真っ黒に見える。

おいらの、おっとうが死んだところだ。

鉄兵は思い出した。

幅の広い、脈々とうねるおっとうの背中。荒波のあいだを空に駆け上がる、大きな青い龍の彫物がしてあった。鉄兵が龍の頭のあたりに小さな手をおくと、肌の内側に熱い血潮が通っているのがわかった。

おっとうは、言っていた。

犬吠埼には魔物が棲《す》む、と。その魔物は卑怯な奴で、堂々と勝負してこない。船乗りたちを惑わし、幻を見せて、海の中に引き込むのだと。犬吠埼を通るときは、いつも気を張り詰めておかなければならない。ほんの一刹那でも気を抜くと、魔物が幻を見せて、そして牙をむいて船に襲いかかってくるのだ。

鉄兵は頭を振って意識を集中し、ふたたび前方を見据えた。

犬吠埼の黒い影が、前方右側に伸びている。その前に、海の中から突き立った大きな岩が見える。

ひときわ高い、四角い岩塔があった。すぐ脇に、背丈は半分くらいの、三角形をした控えめな岩が立っていた。ふたつの岩が海の中に半身を浸《つ》けて、まるで鉄兵を出迎えるかのように佇《たたず》んでいた。

どこかで見た光景だ。

はじめて来たところなのに、おいらは、この光景を前にも見た。

鉄兵は目をつぶり、しばらく考えた。そして気づいた。

「おっとう……おっかあ」

鉄兵は目を開けた。

白く、四角い顔をしたおっとうが立っていた。背がとても高かった。すぐ横に、なぜか背中がうんと丸くなった、おっかあが立っていた。二人は笑っていた。ほっとしたような顔で鉄兵のほうを見て、笑っていた。

船は、ゆらゆらと二人のほうに近づいていく。

おっとうと、おっかあが、だんだんと近づいてきた。

するとど、ふいに、おっとうの口の端が不自然にゆがみ、意地悪そうな笑顔に変わった。おっかあはさらに背中を丸めて下を向き顔が見えなくなっていたが、身体をゆすって笑っているように見えた。嫌な笑いだった。

突然、おっとうが言った。

「ほんの、上っ面だけだよ」

鉄兵はぎょっとした。おっとうの声じゃなかったからだ。

それは、さっきも聞いた甚左衛門の声だった。

おっとうは、おっとうと信じていたものは、甚左衛門の声でさらに言った。

「嘘の多い俺様に、決して騙されるんじゃあ、ねえぞ」

言ったきり、黙った。

見ると、それは海から突き出た、ただの岩だった。

隣に、背丈が半分くらいの三角形の岩があった。横には黒々とした暗礁。白波が砕け、泡となって空中に飛び、ほんの一刹那だけ、綺麗な逆三角形を描いて海に消えていった。

鉄兵は、すぐ眼の前、船の舳先のまん前にそれらの岩が迫っていることに気づいた。

夢中で叫んだ。帆柱の下を向いて、声をかぎりに叫んだ。

「急転舵！　取舵！　目の前に岩礁！　取舵だ、仁平さん、取舵だっ！」

完全に、目が覚めていた。

魔物の見せる幻に、いつの間にか取り込まれそうになっていたのだ。

「くそっ、負けるんじゃねえ！　奴らに、負けてたまるか」

鉄兵は、自分に向かって言い聞かせた。言葉だけでは足りない気がして、ばしばしと自分の頰をはたいた。前方を睨みつけ、大きく息をついて、犬吠埼のほうを見つめた。

今度は、奴は龍に化けていた。

長くのびる白亜の崖が、まるで龍の背中のようにうねうねと動き、そのまま宙に飛んで船に襲いかかってくるように見えた。岬の突端のあたりにはぎらぎらとした目がふたつ輝き、鉄兵の様子をじっと窺っている。

今度はおっとうも、甚左衛門もいなかった。鉄兵はひとりで帆柱に取りすがり、まっすぐに龍の目を睨み返した。

ちくしょうめ。さっきおっとうの彫物を思い出してたから、龍に化けて出てきやがったな。

だがな、おっとうの龍は、青いんだ。お前みたいに生っ白《ちろ》くねえ。それに、手を置いたら、熱いんだ。ほんものの船乗りの血が通ってるんだ。お前みたいな……

「上っ面だけの、偽物じゃねえ！」

鉄兵は、声に出して吼《ほ》えた。虚空に向かって、大声で吼えた。

すかさず、仁平に向かってまた転舵と叫んだ。

これは、幻だ。魔物の見せる幻だ。

船に崖が、そして暗礁が近づいてきたときに、それを誤魔化すための卑怯な罠なんだ！

騙されるもんか！

おっとうをその手で騙して殺しやがったのか。おいらは誤魔化されねえぞ。

龍はしばらくそこで蠢《うごめ》いていたが、鉄兵が一歩も引かぬとわかると、そのまま動きを止めた。しばらく睨んでいると、それはただの岬の崖に戻っていた。

だが代わりに、眼下の海に異変が起こっていた。

ぶくぶくと大きな泡が立ち、黒々とした海の下で、なにかが蠢いている気がした。それは大きな波を跳ね上げ、ぬっと醜い姿を現した。

前にも見たことがある。

夢の中で、出てきた魔物だ。

不思議な弁財船を操って、ひとりで極浦の向こうまで行こうとしたとき。ふたつの海が合わさるところで、波の下から出てきた、あの魔物だ。

やっつけようとしたが、あのときはできなかった。おっとうを殺した魔物を倒し、決着をつけることは、できなかった。

だが、今のおいらなら、やれる。

鉄兵は、黒い魔物を睨みつけた。

そしてにやっと笑うと、まず帆柱の下にいる仲間に向かって、叫んだ。

「仁平さん！　また出た。転舵だ、船を沖へ向けてくれ！」

それから上を向き、魔物と間近に睨み合った。

騙されてたまるか。

お前は、ただの幻だ。

魔物でもなんでもない。この犬吠埼に巣食い、疲れ切った水夫たちの心にとりつき弄《もてあそ》んでいるだけの、ただの幻影だ。

騙されねえぞ。疾渡丸の仲間たちと一緒に、おいらはいま、堂々とてめえの鼻先を通ってやるんだ。ざまあみやがれ。

鉄兵は、勝利を確信した。

「よーそろーっ！　そのまま宜候」

大声で下の仲間たちに伝えて、また魔物と向き合った。

次々と繰り出した幻がまったく効かず、魔物はしょげているようにも思えた。鉄兵はほっとして、つい気を抜いてしまった。

魔物は、いきなり黒々とした腕を振り上げた。敗北の鬱憤《うっぷん》を晴らすかのように、それを疾渡丸の帆柱の上へと振り下ろした。

頭の後ろにがつんと衝撃を感じ、鉄兵はそのまま転げ落ちた。

目の前が、真っ暗になった。

（八）

嵐はすでに遠く北方に去り、海は穏やかさを取り戻していた。優しい陽の光を受けて、今はただ、きらきらと蒼い鏡のように輝いている。

すでに正午をすぎ、太陽は西へ傾きかけていた。

疾渡丸は微風に乗り、房総の海岸沿いを地乗りでよたよたと進んでいた。

海岸には、先ほどまでいちめんに綺麗な砂浜が続いていたが、今はふたたび、ごつごつとした崖や森林が交互に姿を見せるようになっている。

「それにしても、理不尽な話だよなあ」

甚左衛門が、ぼやくように言った。

前後の甲板より一段低くなった伝馬込《てんまこみ》の上で、鉄兵、甚左衛門、儀助が寝転がって陽の光を浴び、身体を休めていた。

甚左衛門は、鉄兵に話しかけた。

「おめえはみんなの命を助けた。疾渡丸は、おめえのおかげで犬吠埼にぶつからずに済んだ。嵐を突破できたのは、おめえの手柄だよ。なのに、おめえは九兵衛の奴に、とことんどやしつけられた」

同情を込めた目で、顔のあちこちが腫れて赤黒くなっている鉄兵を見やった。

「おいらは命令に従わなかったからね。勝手に上に登って、挙句に足を滑らせて、みんなの頭上にまっさかさまだ。九兵衛さんが怒るのは当然だよ」

鉄兵はなんとか答えた。口の中で血の味がした。

「でもよ、あの状況だ。各々がてめえの仕事を探して、できることをするしかねえ。鉄兵、おめえはいい判断をした。それでいくつも暗礁と崖をかわすことができたんだ。疾渡丸が今でも浮いてられるのは、おめえのおかげだよ。それを労いの一言もなく、胸ぐら摑んであそこまで罵ることはあるめえ。いい水夫長だと俺はずっと思ってるんだが、いくら心配させられたからってよ、ありゃねえぜ。まったく」

甚左衛門は、横に座っていた儀助のほうを向いた。儀助は苦笑している。

「俺もここまで怒られる奴を見たのは初めてだ。この小僧には思い入れがあるらしいぜ。見込まれてんのかもしれねえな」

「なら、もうちょっとまともに扱ってやれよ。俺が言っても聞いちゃくれねえ。儀助、長い付き合いのあんたから言っといてくれよ」

「わかったよ。たしかに鉄兵はいい働きをした。三木助もあとで礼を言いたいそうだぜ」

「三木助さんは、もう大丈夫なんですか？」

　鉄兵が心配そうに尋ねた。

「ああ。大事ないってよ。本人はもう明日からでも仕事に戻れると言ってる」

「みんな満身創痍《まんしんそうい》なのは仕方ねえやな。あんな嵐の中、江戸渡りをやってのける船なんて聞いたことねえ。儀助、おめえらは見事、さぎり丸の仇をとったんだ」

「ああ、嬉しいよ。なんだかずっと心の底に刺さってた棘《とげ》が抜けたような気がする。江戸に着きゃあ、きっとすぐに湊という湊の噂《うわさ》になるぜ。だけど俺はもう二度とごめんだな。本当に、船頭も仁平も、まともじゃねえよ」

「よくは知らねえが、奇妙な幕命を帯びた、まともじゃねえ船って話だからな。弁財船なのに、船出以来、まだ一俵の米すら運んでねえ。でも賃銭《ちんせん》だけは三割増しだ」

「三割は、はじめは嬉しかったんだが、それはまんま、命を張るための危険手当だったたってわけだな。さて、いったい高いのか安いのか。難しいところだな」

三人とも笑った。儀助は息をつくと立ち上がった。

「さて、俺はまだあちこち修繕しなきゃいけねえ、そろそろ仕事に戻るよ。この船は見たこともないほど頑丈な船だが、それでもあちこち縫釘《ぬいくぎ》が外れたり、木の合わせ目が緩んだりしてるからな。早めに手を打っとくに越したことはねえ」

「なんか、手伝えることはあるか？」

「気持ちはありがてえが、この仕事をまともにこなす腕前を持ってるのは、俺様だけよ。生傷だらけの役立たずは、そこで寝てろ」

言うと、儀助は立ち上がり船底に降りた。

「儀助さんも、いい人だね」

鉄兵が甚左衛門を見上げて言った。

「あんたの言う通りだった。他のみんなもいい人だった」

「おめえが昨夜この船を救ったことで、皆の見る目が変わったのは感じてるな。俺が思ったより早く、おめえは疾渡丸に馴染《なじ》んできてるんだ」

「だけど、おいらはヘボだ。とんでもないヘボだよ。船の間近まで岩が迫ってるのに、それが人間に見えてたんだ」

「まあ、帆柱のてっぺんに取り付いて、あんなに激しく揺すられてたんだからな。きっと、船酔いしたんだと思うぜ」

「でもいきなり、耳元であんたの声が聞こえた。あれは岩だ、崖だって、あんたの声がおいらに教えてくれたんだよ。それでおいらは我に返った」

「へっ？　藪《やぶ》から棒になにを言い出すんだよ。俺はそんとき船底にいたんだぜ。そいつは、ただの空耳だよ」

「でもおいらは聞いた。たしかに、あんたの声だった」

「へええ。そりゃ面白いな。いつの間にか俺の生き霊が、おめえに取り憑《つ》いてたってわけか。きっと俺のいろいろな邪念や怨念だけがすっ飛んで、柱の上のおめえに届いたんだろうな。不思議な話だが、そういうことにしとこうぜ」

「うん。あるはずのない話さ。でも、ありがとう。とにかく、あんたのおかげだよ」

「よせやい。俺は何もしてねえんだからよ」

「おいらは運が良かっただけさ。ヘボの炊さ」

「だがよ、てめえをヘボだと言ってしょげてるのは、船頭だって同じだぜ」

「えっ？　虎之助さんが？」

「ああ。船が横滑りしてるのにずっと気づけなかった、って。みんなに気を張れって大声で号令をかけてたのに、船頭の自分が、いちばん危ねえ徴候を見落としてたってな」

「仕方ないよ。あんな嵐に遭うのは、みんな初めてだったんだもの」

「でもそんな恥ずかしい失敗を、自分から言っちまうのも勇気があらあ。あの船頭は、大物だよ」

感心したように甚左衛門は言ったが、やがてニヤリと笑い、付け足した。

「まあ、まともではねえがな」

（九）

夕刻、疾渡丸はついに房総の突端に達した。

虎之助は右舷寄りに変針を指示し、船は未申《ひつじさる》（南西）の方角へ向け航進を続けた。

心地よい微風を頬に受けて眠り込んでいた夜番の甚左衛門が、目を覚まし、しばらく船の周囲を見回し、やにわに叫び出した。

「船頭、方角が違うぜ！　江戸は北だろ。いま俺たちは西へ向かってるぜ！」

「いや。いいんだ。江戸に向かうんじゃない、俺たちは下田《しもだ》に行くんだ」

「なんだって？」

甚左衛門は動揺していた。

「仁平、もう言ってもいいな？」

仁平はうなずいた。

虎之助は、船の上にいる全員に聞こえるように申し渡す。

「疾渡丸は大島《おおしま》の南を通り、下田湊に向かう。そこで待っている別船を伴い、江戸へと向かう。船主からの指示だ」

「江戸に行くんだろ？　なら、向きを変えて北へ進みゃあいいじゃねえか」

甚左衛門がなおも言いつのった。虎之助は怪訝《けげん》な顔をしながら答えた。

「江戸に入る船はいったん下田へ行き、船改《ふなあらため》を受けるきまりだ。お前なら当然、知ってるよな」

「それは、西国から来た船だけだろ？　なんでわざわざ俺たちが、そんな寄り道をしなきゃいけないいんだよ！」

「言っただろ、待ち船がいるんだ。それを警固、先導して江戸に向かう。だから、まず俺たちが下田に着かなきゃはじまらねえんだよ」

「本来は、北から来た船も例外なく下田で船改を受けねばならぬ」

背後から仁平が補った。

「だが江戸渡りの危険を冒す船は、生き残っても必ず大いに傷んでしまう。下田に寄るのはきつい。これまでは、単に温情でお目こぼしされていただけのことだ」

甚左衛門は、呆然としてこの幕府の隠密を見つめた。

虎之助が、確認するように言った。

「そういうことだ。わかったか？　甚左」

言われて、甚左衛門は宙を見上げた。そのまましばらく苦しそうな表情を浮かべ、何度も目を瞬《しばたた》いた。

が、やがていつものように笑顔をつくり謝った。

「ああ、わかりやした。目を覚ましたとき船が別の方角に進んでたんで、びっくりしちまった。船頭が行く先を間違えたのかと思った。余計なことでしたぜ。失礼しやした。みんなも騒がせた、悪い、悪い」

肩をすくめ、両手を振ってそこから立ち去った。

*

鉄兵は意外な面持ちで甚左衛門の様子を眺めていたが、そのとき肩にそっと大きな掌《てのひら》が載るのを感じた。

　鬼丸だった。

「おい、甚左は大丈夫か？」

「わかりません」

「おめえ、あいつと仲がいいだろうが」

「はい。おいらも驚いてます。甚左さんらしくない」

「しっかりしてもらわねえとな。水夫長から伝言だ。いまの調子だと、船は明日の昼頃に下田へ着く。その前に、決着をつける」

「決着？」

　鉄兵が怪訝な顔をすると、鬼丸は表情を変えずに答えた。

「笹丸組との帆上げの勝負だよ。この前、持ち越しになっただろ」

　なんだか遠い過去の出来事のような気がした。でもまだほんの昨日、一昨日《おととい》のことだ。

「みんな、ぼろぼろだけど……やるんですね」

「ああ、俺だって負けるわけにはいかねえ。明日は、頼むぞ」

　そう言うと、のっそりと去っていった。

鉄兵は夜中に目を覚ました。月は出ていないが、波は静かで晴天だった。

起き上がって、艫《とも》の上に上がってみる。

三太郎と蝶介がいたが、二人とも無言だ。鉄兵は一礼だけして、船の前方に目をやり、驚いた。

眼前に、黒くて大きな島影が迫ってきていた。

大島だ。

鉄兵は、仲間たちが雑魚寝《ざこね》している矢倉の下をくぐって、船の前方に出た。

夜闇に目が慣れてくると、陸地は思ったよりうんと近くにあることがわかった。海は波が高くうねっているが、荒れているというほどではない。

鉄兵は目の前いっぱいに張られた帆の向こう、伝馬込の左舷側に、人影が静かに座っているのを見た。

人影は、足を海に向け投げ出していた。脇に大事そうになにかを抱え、後ろの様子をうかがって、今にも飛び込みそうな気配である。

鉄兵は慌てて駆けた。人影も、鉄兵に気づいた様子だった。

甚左衛門だった。

「おっ、と。誰かと思えば、炊の鉄兵さんじゃねえか」

おどけて、そう呼びかけた。

「なにしてるの？　おいら、あんたがいま海に飛び込もうとしてるのかと思ったんだ」

「飛び込むだと？　なんでそんなことすんだよ。船から逃げるのか？　だったら、ずぶ濡れにならねえでも済むよう、こいつをそっと滑り落とすさ」

そう言って、菰《こも》のかかった伝馬船《てんません》の底を叩いて、笑った。

「なに、ちょいとばかり昔を思い出してただけさ。陸に残してきた女のことだ。身持ちの悪い女だったが、俺とは肌が合った。似たもの同士だったんだろうな。今ごろ、どこで何をしてやがるのか。きっと、別の男とよろしくやってやがるんだろうがな」

「そんなこと、聞いたのは初めてだ」

「言ってなかったからな。ガキにゃあ、まだ早い」

甚左衛門はまた笑いながら軽口を叩いたが、とってつけたような感じがつきまとっていた。鉄兵は、気づいた。

「あんた、焦ってないか」

「なんだって？」

「さっきもそうだった。船の方角が違うって気づいたあと、あんた、ひどく焦ってた。いつものあんたらしくなかった。今だってなんか妙だ。訳があるなら聞かせてくれないか？」

鉄兵が問い詰めると、甚左衛門はふとまじめな顔になった。しばらく鉄兵を黙って眺めたあと、また笑顔を浮かべてこう言った。

「ふっ。鉄兵、おめえの強みは、すばしっこいことだけじゃなかったな。おめえにゃ洞察力がある。歳に似合わぬ、いや、その歳だからこそか。ものごとをありのまま見抜く力だよ」

「おいらはただ、思ったままを言っただけだ」

「そいつだよ。それこそが、お前のいちばんの強みだ。そういや、作事場で岩吉さんが言ってたな。華蔵院にいた子供にこの船の秘密を全部見透かされていたと。おめえのことだったんだな」

観念したように笑い、舷側を指差した。

「横に座れ。まだお前の当直までにゃあ、少し間があるはずだ。それまで、いったい俺がどんなろくでなしなのか、全部お前に話してやる」

（十）

「俺はよ、罪人だ」

甚左衛門は、言った。

「からくり職人をやってた頃、てめえの長所に気づいた。生まれつき要領がよく、口がうまく、人たらしで、他人の心の中にするりと入り込むことができるってことさ」

鉄兵は、うなずいた。

「それに、優しいよ。おいらはあんたの優しさに助けられた」

「ふっ、とんでもねえぜ。そりゃみんな、うわべだけのことだ。俺は、どこでも優しかった。誰にでも優しかった。いや、みんなに優しい男だと思われるのが得意だった。だけどよ、そりゃ全部、俺の計算さ」

「計算だって？　わざとだったの？」

「そうだ。俺は、人の心の中がわかる。だからそいつがいま何に困ってて、何を求めているのかがわかるんだ。お前は船の中で助けを求めてた。だから助けてやった。親切そうに笑って、さりげなくな。そうすりゃ、お前はずっと俺に恩義を感じるだろ？　たかが下っ端の炊を助けたところで、船の中じゃあ得になることなんて何もねえ。だがよ、他の水夫どもは結束が固くて俺をなんとなく警戒してた。仁平や船頭は、なんだか裏があって不気味だ。よく考えりゃ、この船にゃ俺にも味方がいない。だから、炊だろうととりあえず味方につけておくことにした。別にお前のことを思いやった訳じゃない。俺の計算だよ」

「でも、実際においらはあんたにうんと救われたよ」

「勘違いすんな。俺はお前の仲間でも友達でもねえ」

「罪人て、いったいなんの罪なの？」

「盗み。それに殺しもだ」

鉄兵は全身が凍りつくような気がした。

「言ったろう、昔、岩吉さんと一緒に南蛮船を造ってた親方のことを。俺はその人の娘と思い合う仲になった。だが俺は親方に警戒されてた。いや、この要領のよさと口のうまさを嫌われてた。娘はやれん、さっさと出ていけと破門されたんだ。だから娘と一緒に、親方をバラしちまった」

「なんだって！」

「嵐の前におめえにも見せちまっただろ。あれが、本当の俺だ。いつもかっかと苛立っていて、不満で、この世のすべてに怒っている。日頃は隠しているんだが、たまに、我を忘れたときなんかについ地金が出ちまうんだよ」

「でも、ほんのいっときのことだった」

「ほんの、上っ面だけだよ。俺は腕のいい職人だった。だから親方は俺に仕事と財産を引き継ぐべきだと思っていたんだ。娘と一緒にな。ところが親方は逆のことを考えていたんだ。俺の頭の中で、ぶちりと大きな音がした。すぐに殺してやろうと思ったが、俺は別のことを思いついた」

「どんな……？」

「親方は、娘を溺愛《できあい》してた。だから俺は、その場はいつもの作り笑いを浮かべて詫《わ》びを入れ、いったん引っ込んだ。もう多くは望まない。近いうちに出ていくから、食いっぱぐれだけはないようしばらく隅っこに居させてくれと頼んでな。親方は渋々了承した。俺はへこへこ頭を下げ、礼を言ってからすっこんだ。その足で娘を手籠めにし、うんと手懐《てなず》けて、うんと嘘を吹き込んで、そして、親父を殺させた」

　鉄兵は、黙って唾を呑み込んだ。

「造作もねえことだったよ。俺に殺されるより、娘に殺されるほうがきついだろ？　この俺をないがしろにしやがった罰だ」

「そんな、ひどい……」

「ああ、まったくだ。我を忘れてた。あとで正気に戻って、なんてことをしでかしたのかとぶるぶる震えた。だから」

「だから？」

「江戸に逃げた。親方の財産をすべて金に換えてな。娘は捨てた。手を下したのはあの女なんだ、もし俺のことを届け出たら、まず飛ぶのはてめえの首だ。だから安全だと踏んだ。江戸は素性の知れねえ博徒やらやくざやら船乗りやら、いろんな奴らが集まって、ごちゃごちゃと大きくなってる町だ。吹き溜まりに紛れりゃ、もう追手は来ない。それに俺は念を入れて、近場の航路を経巡る船乗りになった。いざとなりゃ、海に飛び込んで逃げるんだ」

「逃げ切れたのかい？」

「いや、ダメだった。数年もしないうち、噂が伝わってきた。お前も知ってのとおり、湊ってのは、各地の噂がいの一番に流れてくる場所だ。西国で船大工の親父を殺した娘が自首して、出入りしていた男にそのかされてやったと言っている。そういう噂を聞いたんだ」

「娘さんは、お役人に甚左衛門さんの名前を言ったのか」

「甚左衛門てのは偽名だ。前に名乗っていた名が流れてきたんだよ。違う土地だし、もう追捕《ついぶ》の手はかからないとたかを括《くく》っていたが、最近、お上は治安の維持に熱心だ。こりゃ、やばいと思った。それで江戸を離れ、那珂湊へ逃げたんだ」

「岩吉さんを頼ったの？」

「そうだ。紹介状を持ってな。もう死んじまった親方からの書状だよ」

「えっ？」

「もちろん俺が自分で書いた。あの親方は洒落者《しゃれ》でな、まるで昔の武家の棟梁《とうりょう》みてえな花押《かおう》を押す癖があったんだが、それも俺が偽造した。俺はものごとを偽ることに関しちゃ天下一品だ。それを岩吉のところへ持っていったら、もうだいぶ目が悪くなっていて、中身を読みもしねえ。親方の名前を出したらそれだけで信用してくれた。昔、相当仲が良かったらしい。船大工としての腕前も認め合う仲だった。その親方が薦める船乗りなら間違いない、とな。実際、俺は、江戸にいたわずかな間に船乗りとしてもぐんと腕を上げていたんだ。疾渡丸も面白い船だ。特に帆の工夫にゃ、元職人として、しびれたぜ。なにも問題はなかったよ。すべてうまくいっていた」

「なら、なんで逃げようと？」

「この船が、江戸じゃなく、下田へと舳先を向けたからさ」

「それがダメなの？　江戸に戻りたくないんだろ？」

「下田はな、俺たち罪人にとっちゃあ、地獄の次に恐ろしいところなんだよ。あそこには御番所がある。海の関所だよ。西国から江戸に入ってくる船は、残らず船改を受けなきゃならない。そこで、なにかご禁制の品を運んでいないか、あるいは乗せちゃいけねえ人間なぞ乗せてねえか、厳しく調べられるんだ。だから、目の前に見えた大島の岸壁に泳ぎ着き、フケちまおうと思ったのさ」

「大島に逃げたら、あんたは助かるの？」

「いや、無理だな。いずれはばれるだろう。早いうちに江戸に戻るしかない。人としてまっとうに生き続けることなんざ、俺にはどだい無理な相談さ。俺のような外道は、しょせん、同じような屑《くず》が集まる吹き溜まりに戻らなきゃいけねえんだ」

「あんたは屑じゃないよ。昔は知らない。でもこの船じゃ、おいらを助けてくれた」

鉄兵が必死で言うと、甚左衛門はため息をついて、大きな腕を鉄兵の肩にぐるりと回した。どこか、強い力がこもっていた。

「まったく。馬鹿正直なのも考えものだな。おめえはいま真っ黒い海の上で、紛れもない人殺しの真横に座ってんだぞ。人殺しから、もしお上に告げ口されたら死罪間違いなしの、とんでもねえ秘密を聞かされてんだぞ。え、怖くねえのか？ その人殺しの善意を信じて、計算ずくで施してやったほんのいくつかの小さな親切を信じて、おめえは、なおも俺に礼を言うのか？」

「あんたは、いい人だよ。おいらは知ってる」

「いや人殺しだ。俺は、人間の屑だ」

「屑じゃない。人殺しだとしても……屑じゃない！」

鉄兵がなおも言いつのると、甚左衛門は観念したように深い息をつき、肩に回した手を引っ込めた。

「実はよ、いまほんの一刹那だったが、おめえを海に突き落として、そのまま船からフケちまおうかと思った。この距離なら、たぶん俺だけは悠々と島に泳ぎ着ける。だが、やめたよ。やめた。こうまで俺を馬鹿正直に信用してる小僧まで手にかけちゃ、俺は屑どころか、本当の鬼になっちまう」

言うと、うつむいた。眼下で船にぶつかってぴちゃぴちゃと音を立てる、黒い海のうねりを見つめた。

ほっと息を吐いた鉄兵は、確かめた。

「じゃ、船に残るんだね？」

「ああ、あとほんの少しだけな。とりあえず明日の勝負をやり終えるまでは残るよ。九兵衛の野郎と笹丸に、ほえ面かかせてやるんだ。そのことだけは、なぜか俺も心残りでな。でも今の話は、他の奴らには黙っててくれよ。いまとなっては、俺も疾渡丸の連中は好きなんだ。あまり迷惑はかけたくない。先のことは、あとでゆっくり考えるよ」

「よかった。明日は勝とう」

「ああ。必ず勝つ。あ……そうだ、いまわかったよ」

「ん、なにが？」

「俺が、あの勝負にずっと後ろ髪を引かれてる理由さ。俺は別に九兵衛や笹丸が憎いんじゃない。あれは帆を張る勝負だ。どれだけ速く、どれだけ正確に帆桁を上げられるか」

「うん」

「で、この船はとてもいい風をはらむ。気まぐれに吹いてきやがる風を、むんずと摑むんだ。そんで自在に舳先を回して行きたいところに行く。俺は、それをしたいんだよ」

甚左衛門は、目を輝かせて言った。

「これまではただ、成り行きまかせに生きてきた。風の吹くまま流されて、ただ右に左に漂って生きてきた。その成れの果てがいまの俺さ。もう、たぶんやり直しはきかねえ。いまは逃げられても、いつかてめえの犯した罪と向き合う時がやってくる。そいつはわかってる。だけどよ、そうなる前に一度でいい、てめえの力で風の野郎を捕まえてみたいのよ。風の胸ぐらを摑んで、俺の行きたい方角を大声で叫んでやるんだ。そうして俺はそっちに行く」

「おいらも、鬼丸も、一緒に行くよ」

「いや、おめえらは来るな。絶対についてくるな。俺の行く先は……そうさな、きっと、世界の果ての、奈落の底よ」

ひひひ、と笑った。

「でもよ、俺は、俺の力でそっちへ行くんだ。風まかせじゃない。俺が選んでそちらへ行くんだ。だから俺は、怖くない」

言い終わって、甚左衛門はふと振り返った。そのまま凍りついた。

「て、てめえ。聞いてやがったのか」

鄭賢が立っていた。小脇には、例の奇妙な薬嚢を抱えている。

甚左衛門は思わず立ち上がったが、鄭賢はまったく慌てず、身振りで座るように促した。

薬嚢から例の壺を取り出し、言った。

「なんのこと？　私はただ、甚左衛門にこれ持ってきただけよ。前に鉄兵にもしてやたね。この薬塗って、足の裏を私が揉むのよ。そしたらあなた、足、疲れ取れるね。明日の勝負に勝てる」

鉄兵は、笑って言った。

「ズル、するんだね」

「そう。ズルするのよ。さ、甚左衛門、あなたそこに寝っ転がる。はやく寝っ転がる」

「お、おう……寝りゃ、いいんだな？」

唖然《あぜん》とした甚左衛門は、少し口をあけながら、素直に言う通りにした。

鄭賢は右手にたっぷりと例の薬を塗りつけ、拳を握ったり開いたりした。そしてニヤリと笑い、ゆっくりと確認した。

「甚左衛門、あなた、痛いの大丈夫ね？」

（十一）

翌日の朝は、べた凪《なぎ》だった。船が前に進まず、仁平は突き刺すような目で海と空を交互に睨んでいた。

大島の影は後方になっていたが、その姿はなかなか小さくならなかった。

正午になる前、少しだけ風が吹いてきた。

風向きは不安定だった。西からだったり、北からだったり、突然止《や》んだり、急に吹いてきたりした。

一刻も早く下田に到着したい疾渡丸は、どんな小さな風向きの変化にでも対応し、こまめに船の向きを変え、そのつど最適の操帆をして速度を上げる必要があった。

向きを変える前にはいったん帆桁を下げ、縮帆して、風の圧力を弱めてから主要な数本の綱を操作し、位置を決めておいてからまた上げる方法をとることにした。

これは正確に素早く轆轤を回すことができれば、とても効率の良い方法だった。当然、船の速度も上がる。

要するに、轆轤回しの鍛錬を行うのに、またとない機会だということであった。鬼丸組と笹丸組の、決着をつける日が訪れたのだ。

甲板上の作業は、二人の公儀隠密が引き受けた。例によって船頭から指示が飛び、それを九兵衛が中継して轆轤が回る。

鉄兵は、鬼丸、甚左衛門と並んで矢倉の中に座り、軽く目をつぶって、号令がかかるのを待っていた。疲れは一切感じない。力がみなぎり、とても身軽に感じた。

足の筋肉はほどよい熱を持って、昨日まで感じていた澱《よど》むような疲れは、きれいに取れている。鉄兵は目をあけ、蟬の前で革の手袋をはめようとしている鄭賢を見た。

やがて遠くから、九兵衛の声が聞こえてきた。

「吹いてきたぞ。準備しろ！」

今日は甚左衛門の代わりに、鉄兵が仲間に言った。

「さあ、勝とう。風をつかまえよう」

鬼丸と甚左衛門は少し驚いたようだったが、二人とも力を入れてうなずいた。

「全展帆、ゆっくりと回せ」

最初の指示が飛んできた。

鉄兵はゆっくりと、しかし確実に歩を進め、鄭賢が綱の高さを抑えてくれているのを確認する。

「よし」

甚左衛門と鬼丸はそれを聞き、頭を固定して前だけを向きながら安全に綱をまたいだ。

轆轤はゆっくりと滑らかに一周した。鉄兵はまたよしと声をかけ、右の轆轤は問題なく帆桁を上げた。注文通りの見事な動きだ。

しばらくしてから、いったん帆桁を下ろす。この間に舵を入れ、船は回頭をはじめている。轆轤では組が交代する。次は笹丸たちの番だ。

ほどなく、九兵衛から指示が飛んできた。すると笹丸ではなく、小柄な儀助が先頭に立ち、鉄兵同様に、

「よし」

と言って味方を誘導した。

先日の教訓を生かしたのだ。指示は急ぎではなかったが、彼らも滑らかに三周した。儀助は鉄兵のほうを見てニヤリと笑った。

やがて沖合を吹き渡る風が激しくなってきて、矢倉の中に飛んでくる指示も厳しいもの

になっていった。

急ぎ半帆。ゆっくり全展帆。急ぎ降ろせ。展帆急げ。ゆっくり、いや少し急ぎ……。

どちらの組も、そのつど滑らかに指示通りの速さで、ぴたりと轆轤を回した。

船はその働きに応え、右に左に船体を傾がせ、鋭い回転を決めていった。鉄兵たちの背中に、風をつかまえ、行きたい方に舳先を向ける疾渡丸の喜びが伝わってくるようだった。激しく吹きすさぶ風と、高くうねる波と、右に左に引っ張られる帆桁と、大きくたわむ十字紋の帆と。

疾渡丸は水夫たちと一体となって海に立ち向かい、風をつかまえ、波間をぬって、思うがままに舞い、前へとつき進む。

しかし、連日の疲れに音を上げた水夫たちの動きがやや鈍くなってきた。

三木助と儀助がへばり出した。笹丸は最後までふん張り、樫棒を押し続けたが、三人の粒がまた弾けようとしていた。

勝利を確信した鉄兵は、今日はきちんと九兵衛が時間を計っていることを確かめようと、甲板を見げた。

すると、甚左衛門が意外な行動に出た。へたり込みそうになった三木助のもとへ行って、自分と代わるよう言ったのだ。

三木助は驚いた。笹丸も目を丸くしていたが、状況は明らかだ。三木助はへばっており、甚左衛門にはまだ余裕がある。

鉄兵も驚いたが、次に自分のやるべきことに気づいた。

鉄兵は甚左衛門に続いて立ち上がり、儀助に交代を申し出た。

「次。全展帆。急ぎ」

九兵衛の声が飛んできた。鉄兵は、儀助のしていた役割を代わりに果たした。まず自分が先頭になって轆轤をまわす。鄭賢が持つ苧綱の高さを確認し、自分はそれを飛び越えながら、

「よし」

と声を出す。

甚左衛門が続く。その後に、ひときわグイと力を込めて押す笹丸が続く。急造の組は息を合わせ、滑らかに轆轤を回した。

それからは風向きも一定になり、顔ぶれの変わった両組は交代しながら無事に操帆を続け、最後の鍛錬が終わった。

下甲板に降りてきた九兵衛は、砂時計を手に持ち、得意げに振ってみせた。

「ちゃんと計っておいたぞ。いつぞやは思いもかけず、甚左衛門さんに怒られてしまったからな。どちらが勝ったか、知りてえか？」

しかし当の甚左衛門が、いの一番に言った。

「いや、別にどっちでもいい。今日はどちらも頑張った。帆はいい具合に開いたろ？　だったらもういいじゃねえか。もし笹丸のほうが勝ちだというのなら、俺は別に、それでいい」

「おや、言うことがころりと変わったじゃねえか。実はおめえら鬼丸の組の勝ちだ。砂粒いくつかの、ほんのわずかな差だがな。勝って嬉しくねえのか？」

「ああ、気が変わったんだ。俺は別に嬉しかねえよ」

「おいらたち、ズルしたしね」

横から鉄兵が言った。

「ズルって、どういうことだよ？」

九兵衛が眉をひそめて、大将の鬼丸に尋ねた。鬼丸はきょとんとしていた。

甚左衛門は苦笑し、こう言い繕った。

「途中でよ、顔ぶれが変わったんだよ。お互い疲れた同士で交代したりしてな。おんなじ船に乗り合わせた仲間なんだから、それでいいだろ？」

九兵衛は、この突然の心がわりに興味が引かれたようだった。黙って甚左衛門の顔を眺め、次に笹丸のほうを見た。

笹丸は、柄杓の水を自分の頭の上からぶっかけたところだった。激しく首を振り、口を開け、流れ落ちてくる水滴を舌で受けて飲み込んでから、また柄杓を水樽に突っ込んだ。

それを、甚左衛門の鼻先にぬっとつきつけた。

甚左衛門はおどけた仕草で、両手で拝むようにしながら受け取った。

笹丸は黙って九兵衛の脇をすりぬけ、外へ出ていった。

（十二）

「おいおい、ズルしたなんてよ、わざわざてめえのほうから言う奴があるか」

甚左衛門は、笑いながら鉄兵を叱った。

「ヒヤッとしたぜ。そんなこと言うと、また九兵衛に苛められるぞ。馬鹿正直もいいが、少し考えてからものを言えよ」

「ごめんよ。つい調子に乗りすぎた。だって、あんたがいきなり相手に手を貸して勝負を台無しにしちまうから」

「こいつ、俺のせいだってのかよ」

「違うよ。おいら、ちょっと嬉しかったんだ。あんなに勝負にこだわってたあんたが折れて、いきなり相手に手を貸したりしたから」

「ああ、だってよ、仲間同士だからな。別に奴らと張り合うために船に乗ってるんじゃねえって気づいたんだ」

「そうだね。船に乗るのは人と張り合うためじゃないって、岩吉親分も言ってた。それで勝負はあいこになって、最後に笹丸さんも打ち解けた」

「さっきの水はまあ、仲直りの盃《さかずき》のつもりなんだろうな」

「鬼丸さんも喜んでたよ。あんな笹丸を見るのははじめてだって」

「奴はいつも笹丸を気にかけてるからな。まあ同じ船の上で暮らす仲間同士、わだかまりを残さず勝負があいこになったのは、何よりだな」

甚左衛門は言い、ほっとしたように目をつぶった。

二人は、ぱんぱんに張った足を揉みながら話をしていた。

大島を離れ、蒼く霞《かす》む伊豆《いず》の影が近づいてきた。風に乗り、あとは陸地に沿って地乗りで南下を続ければ、ほどなく下田湊に着く。

鉄兵は言った。

「まさか仲直りできるなんて思ってなかった。笹丸さんはもう絶対にこっちとは口も利いてくれないと思ってた。これから、きっと仲良くなれると思う。儀助さん、三木助さんとも、他のみんなとも。おいら、たぶん仲良くなれると思う。そんな気がしてきた」

「言ったろ？　あいつらとはいつか仲間になれるってな。いくらか俺の予想より早かったが、しょせんは同じ船に乗る仲間同士なんだよ」

「そうだね。まあ、九兵衛さんとはまだしばらく簡単には行かないだろうけど」

顔を見合わせ、二人で大笑いした。

「あのおっさんは手強《てごわ》いな。いい水夫長だが、まだしばらくは、おめえを容赦なくしごくだろうぜ。下田じゃ、頼むから大人しくしといてくれよな。もうこれ以上、おめえの面倒を見るのは、御免被《ごめんこうむ》りたいんだ」

「てことは、あんたは、下田で船を降りるんじゃないんだね」

「先のことはわからねえが、そうだな、もうちょい船に残って、おめえらと一緒に頑張ってみるのもいいな」

「そうしようよ。きっと楽しいよ」

「そうだな。昨夜はてめえのすべてが嫌になって、とにかく逃げようとしてここに座ってたんだが、おめえに見つかって、いろいろ話して……結局のところ、残ってよかったぜ」

「風を、つかまえたね」

「えっ？」

「あんたは、風をつかまえたんだよ。ただ風まかせに漂うだけじゃなくて、自分の力で帆を上げて、自力で風を摑んだんだ。もう離しちゃいけないよ。あんたは、そう簡単にこの船から降りちゃいけないんだ」

「お、おう。わかったよ、しばらくは降りずに頑張ってみらあな」

「そうこなくっちゃ！　さ、おいらは夕飯の仕込みだ。湊に着くのは夕方だから、その前に腹ごしらえしとかないといけないからね」

「今回は手伝わねえぞ。俺はここで少し休んでるよ。なんとか、自力でうめえ飯を作ってくれよ」


鉄兵は、舷側をつたって後甲板へと向かった。足はぱんぱんだったが、心が弾んで、身が軽かった。竈門へ行こうとしたが、艫の上で虎之助と仁平が手をかざし、なにやら遠くを見ているのに気づいた。

先ほどから、下田を出たばかりの他船とすれ違うようになっていた。今もすぐ脇を、小さな二形船《ふたなりぶね》と、仰々しく幔幕《まんまく》を張り巡らせた幕府の御用船が連れ立って北上していった。

船頭らは岸辺に切り立つ崖の上を注視していた。三木助が帆柱を登るのが見えた。帆桁につかまると、船頭たちと同様に彼方をすかし見ている。

もう下田が見えてきたのかと思い、鉄兵は焦った。湊に入っても、船乗りはすぐに上陸できるわけではないから、食事は船の上でとるはずだ。もし湊入りが早まったのなら、急いで皆に飯を食わせないといけない。

「あのう……」

鉄兵がおずおずと呼びかけると、船頭が振り返った。仁平は構わず、岸のほうを睨んでいる。

「どうしたい、鉄兵じゃねえか。なんか用か」

虎之助は聞いた。

「もう下田に着いたんですか？」

「いや。まだ下田まで少し距離があるのに、沖見の衆が早々に出張ってきてやがるんだ」

「沖見の衆？」

「船が湊の近くを通るとき、湊に入るのか、それとも通り過ぎるのか、岸辺のほうから合図して聞いてくることがあるんだよ。もし湊入りということなら、向こうにも準備があるからな。だがよ、下田に関しては、寄らない船なんて無《ね》えんだ。だからわざわざ沖見が出てくるなんて、おかしいんだよ」

「やはりだ。湊入りかどうかを、確かめてきている」

横で仁平が言った。帆桁の上から、三木助が簡単な腕の合図で同じことを伝えてきた。

「構わねえ。入ると返事してやれ」

三木助のほうへ向け左手で手刀を作り、陸地の方向へゆっくりと振った。湊に入るという意味だ。

三木助はうなずき、疾渡丸の小さな幟《のぼり》を掲げて、前後に振り立てた。これで、陸地からもこちらの意思は知れただろう。

「了解した、との合図だ」

虎之助は、腑《ふ》に落ちないようにつぶやいた。

「ああ。それにしても妙だよな」

夕飯は、なんとか間に合った。

湯が沸いたら、中にこれまでの残りの材料をただ盛大にぶち込むのだ。那珂湊から持ち出してきた芋と、航海中に皆が釣り上げた魚の残りなど、あるものを全部入れた。

はじかみと味噌で味をつけ、味見をして、塩辛さに思わず顔をしかめた。鉄兵の舌には濃すぎるが、船上の重労働に疲れた船乗りたちの身体には、きっと染み渡る滋養になると思い、薄めることはしなかった。

案の定、鉄兵の作った夕飯は、船乗りたちには好評だった。誰も表立って誉《ほ》めはしないが、自然な笑顔が、ひとりひとりの満足を物語っていた。轆轤まわしの大将として大仕事をやり終えた鬼丸が、珍しく笑って、笹丸になにかを喋っていた。笹丸はしかめ面をしているが、うんうんと相槌《あいづち》を打っているようだ。横には、鳩飼いの姉妹がちょこんと座ってお行儀よく食べていた。船乗りではない二人には、今回は特にきつい航海だったに違いない。

いつもは輪の中に入ってこない仁平の手下二人も、甲板に出てきて、汁を啜《すす》り、芋をかじっている。仁平と虎之助、鄭賢は姿が見えないが、おそらく湊入についての相談でもしているのだろう。

鉄兵は矢倉の屋根に座り、仲間たちの姿を眺めていた。

ふと、甚左衛門の姿がないことに気づいた。慌てて探すと、伝馬の陰で、こっそりと酒を飲んでいる姿を見つけた。たまたま目が合い、甚左衛門はおどけて、瓢箪を服の下にさっと隠した。

「ズル、してやがる」

鉄兵はニヤリと笑って、甚左衛門から視線を外した。

ほどなく船は須崎《すざき》の岬を回り込み、目的地の下田湾口が見えてきた。もう陽は傾き、彼方の水際がほんのりと暗くなってきている時分だった。眼前に現れた、大地の切れ込みのような湊の姿を眺めた。

下田の湊は、この大きな切れ込みのいちばん奥にある。つい数年前に築造された巨大な堤のおかげで波浪から完全に守られており、湊は大いに繁盛していた。

この湊に入り、さらに江戸の方角に航海を続けるためには、まず湾の西に配置されている大浦《おおうら》という小さな入江に入り、そこで順番を待ち、番所の船改を受けなければならない。鑑札を確認され、積荷や、場合によっては乗組員も身体検査される。ここは、箱根の関と並ぶ江戸への関所なのだ。

疾渡丸は幕船であるため、幕府直轄領の下田湊では、本来はそうした船改に応じる必要はない。しかし、普通の弁財船に成りすましている以上、求められればそれに応じるふりだけはしなければならない。

ゆっくりと寄せてきた番船が、疾渡丸についてくるよう合図した。

大浦は、両脇を険しい崖に囲まれている。崖の上一面を黒々とした森が覆い、入ってくる船を威圧するかのようだった。左側の岸壁に沿って、西国から来た船改待ちの弁財船が大小とりまぜて六艘、舫綱《もやいづな》を岸辺の上に投げて列を作っていた。

疾渡丸はそれらとは反対側、二股に分かれた入江に導かれた。

奥から二艘の小舟が漕《こ》ぎ寄せて、左右から疾渡丸の両舷を通り過ぎていった。

湊入の歓迎のつもりなのだろうか。鉄兵は、無邪気にそう思った。

しかしその小舟の上には、船頭以外にも大勢の人間が乗り組んでおり、なぜか柄の長い槍《やり》や銛《もり》のようなものが数本重ねて積まれていた。それらの重量のせいで、ぐいと深く水に沈み込んでいる。

鉄兵の目の前で反対舷に分かれていった舟も、同じようにものものしく武装していた。

鉄兵は、不安な目で艫に立つ船頭のほうを見た。しかし虎之助も仁平も、鉄兵と同様にただ困惑してそれらの舟を見ている。

禍々《まがまが》しいものを感じた。

疾渡丸はそのまま、入江の中ほどに入った。広い入江で船の両脇には余裕があったが、浅瀬では黒い磯壁《いそかべ》が、刃物のような切先を水面《みなも》に覗かせていた。

先ほど通りすぎていった二艘の小舟は向きを変え、相互に舳先を向け合って、まるで入江の出口を塞ぐようにして止まった。

「俺たちを、閉じ込める気か」

誰かが言うのが聞こえた。

気がつくと、鉄兵の真横に甚左衛門が立っていた。何も言わず、ただ茫然《ぼうぜん》と湊の奥を見つめている。顔が土気色になっていた。

「どうしたの？」

鉄兵は、喉がからからに渇いていた。

甚左衛門は鉄兵の肩に手を置いて、かすれた声でつぶやいた。

「来るものが、来ちまったよ」

「えっ？」

「背後は塞がれちまった。両脇は荒磯と切り立った崖、正面にゃあの忌々しい番所の門だ。逃げ道はねえ。ここは、どん詰まりだ。俺の運もとうとう尽きたよ」

正面に豪壮な門構えの大浦番所が建っていた。まわりに数軒の建屋が立ち並び、大勢の人数が出て、浜辺に立ちつくしていた。

そしてひときわ目立つ、立派な幔幕をさし渡した船が、疾渡丸のほうへしずしずと進んできた。白い幔幕には紫色の立派な紋があしらわれているが、鉄兵の目には、それがなぜか、大きな毒虫のように思えた。

その漕ぎ手たちは、堂々とした櫂《かい》さばきで疾渡丸の左舷に船を寄せて、一度でぴたりとつけた。ほとんど隙間のない、見事な接舷だった。

船頭と仁平が舷側に出た。

幔幕の中から、恰幅《かっぷく》のいい白髪《しらが》の老武士が現れた。疾渡丸を見上げ、みずから大音声《だいおんじょう》で名乗った。

「下田奉行、今村伝四郎正長《いまむらでんしろうまさなが》じゃ。着到を心待ちにしておったぞ。いまから船に上がる。船頭、よいな」

（十三）

渡板《わたりいた》を踏み、先に配下どもが次々と乗り込んできた。うち二名は身分のありそうな若い武士で、残りはみんな下っ端らしい。いずれも頭に鉢金を巻き、刀槍《とうそう》で隙なく武装していた。

今村は、あとから悠然と乗り込んできた。若い武士の一人が手を添えた。

まずはゆっくりと船の上を見渡した。乗組のほぼ全員が、船のあちこちから顔を覗かせている。

「船頭は、誰かな？」

今村は、ゆっくりと問うた。

「へい。あっしでございます」

虎之助が答え、その場で片膝をついた。脇に立っていた仁平も続き、そして乗組の全員があとに続いた。

艫の上に立つ鉄兵と甚左衛門だけが茫然と立ち尽くしていたが、誰も二人を気にする者はいなかった。

「よい、よい。苦しゅうない。この船の上はまだ、下田ではない。そこもとの領地だ」

言うと、鷹揚《おうよう》に笑った。そして虎之助のほうを向くと、言った。

「江戸表から知らせが参ったのじゃ。幕命を帯びた船が、いずれ下田湊に入ってくるとな。船内に、幕府の筋から乗り組んでいる手練《てだ》れがおると聞いたぞ」

「あっしの横におります」

虎之助が言うと、仁平が黙って頭を下げた。

「おお、そうか。役目大儀なことよの。だが儂《わし》がやってきた理由は、耳聡《みみざと》いそこもとでも、まだ知るまい」

「我ら、幕命により下田湊に停泊する船を警固するため罷《まか》り越しました。同じ命はお手元にも届いておるはず。当該の船はいずこに？」

仁平が気ぜわしく尋ねたが、今村は鷹揚に言った。

「ああ、その船ならば、すでに出立した」

「出立した、と？」

「つい半刻（一時間）ばかり前だ。おぬしらの着到が遅いゆえ、別の船が迎えに参り、ともに出て行った」

仁平は、思わず虎之助のほうを見上げた。沖で小さな二形船と御用船がすれ違っていったことを思い出す。

「遅参については咎《とが》めぬ。あれだけの大嵐であったからの。しかもそちらは鹿島灘を越えてきたそうな。ここまで無事に着いただけでも大したものじゃ」

「では、我らの受けた警固の命は？」

「なかったことと考えればよい。それよりも、儂は本船に別の用がある」

「別命でございますか？」

「いや、これは下田奉行としての役目でな。そこもとには関係のない話だ。だが船に乗り組むあるひとりの男には、大いに関係がある」

今村は顔を上げ、皆に聞こえるようにはっきりと言った。

「この船に、西国出身のからくり師が乗り組んではおらぬか？　そやつは船乗りでもあり、腕のよい船大工でもある。弁がたち、身のこなしは軽やかで、人に好かれる男だ。そして腕をまくると、黒く大きな入墨がしてある。入牢のしるしだな」

思わず、鉄兵は甚左衛門の顔を見上げた。甚左衛門はこわばった顔のまま、黙って今村のほうを睨んでいる。

「どうした？　弁財船はどうせ脛《すね》に傷持つ訳有りの集まりであろう。一人くらいは、そんな男が乗り組んでいても不思議はないはずだが」

何人かの乗組員は、甚左衛門の入墨のことを知っていた。だが甚左衛門を差し出す者はいない。

「名を、言うたらわかるか」

今村は、まるで獲物をいたぶる狼《おおかみ》のように言った。

「笠置屋《かさぎや》の太吉《たきち》。そやつは、そんな名で船大工をしていた。そして親方を殺し、財産を奪った……いや正確には、その娘と結託し、娘に親方を殺させた。そして罪をすべて着せ、ひとりだけ東国に逃げてきた」

「やっぱきのう、海に飛び込んどきゃよかったな」

甚左衛門がぼそっと言った。

「いや、だが、いつかはこうなるとわかってた。どん詰まりが来るとわかってた。俺は風を摑まえた。おめえのおかげで摑まえた。だからもう思い残すことは、なにもない」

鉄兵の眦《まなじり》から涙が流れ出てきた。

今村はさらに言葉を継いだ。

「娘はすでに、死罪となった。骸《むくろ》は今ごろ堺のどこかで晒《さら》され、烏についばまれていることだろう」

甚左衛門は構わず鉄兵に話し続ける。

「いいか。ぜってえに自分を責めるな。俺は、俺自身の考えで船に残ると決めたんだ。おめえに引き留められたからじゃない。いい風が吹いてると思ってたんだが、いきなり冷てえ北風になりやがった。お天道《てんと》さまは、いつだって気まぐれだ」

「これから、どうなるの？」

鉄兵は泣きながら尋ねた。次から次へと、洟《はな》と涙が流れ出てきた。

甚左衛門は優しい声音で告げる。

「俺は、これからきっと鈴ヶ森《すずがもり》だよ」

「えっ？」

鉄兵は甚左衛門を見上げた。しかしその顔は見えなかった。岩吉が言っていた、涙で前が見えなかったという過去の戦の話が、なぜか脳裏に浮かび上がってきた。

鉄兵の問いかけには答えず、甚左衛門は淡々と続けた。

「おめえらと一緒に、この船でどこか違う場所に行く気になってたんだが、もう行けないや。しょせん俺のような屑は、あの糞溜めに戻るしか無《ね》えんだよ。悪いが鉄兵、こっから先はおめえ一人だ。九兵衛を恨むなよ。そんで仲間たちと、うまくやれよ」

その最中も、勿体《もったい》ぶった今村の口上が続いていた。

「親殺しの罪だ、死罪は仕方ない……だがこの娘は哀れだ。自首して、自ら望んで首を打たれた。死の直前まで自分の罪を悔い、父に詫びていたそうだ。そして、娘の哀れなありさまを見ていた役人たちが、本気になった」

今村はここでもう一度、船内の下賤《げせん》な訳有りどもを睥睨《へいげい》した。肩をそびやかし、これまで浮かべていた笑顔をすべてひっこめ、峻厳《しゅんげん》な表情でこう宣告した。

「なにがあっても、娘をそそのかして父殺しをさせた男を捕まえると。そしてこの極悪人に正義の裁きを受けさせ、ゆっくりと火炙《ひあぶ》りにして、犯した罪を償わせると」

甚左衛門は、ポンと鉄兵の肩を叩いた。

「そいつはまず江戸に、そして那珂湊に逃げた。この船に乗り込み、今では甚左衛門という名乗りで水夫をしているはずだ。さて、どこにおる？」

甚左衛門はいつもの朗らかな声音で、今村に呼びかけた。

「あっしですよ。あっしが、あんたのお探しの男でさあ」

そう言って艫から飛び降りた。

またたくまに捕吏《ほり》どもが飛びかかり、寄ってたかって縄を打ち、手慣れた仕草で口の中に布きれを詰め、膝裏を蹴って今村の前に跪《ひざまず》かせた。

「やっと出てきたか。どんな男か見てみたかった。まあ、いたって普通のつまらぬ男だな」

言うと、それきり興味をなくした様子だった。

「さっさと岸に送り、籠に押し込め」

捕吏たちはふたたび甚左衛門を立たせ、背中を小突いて左舷を歩かせた。

鉄兵もふらふらと前に進んだ。艫から降り、甲板に立つ。

いつの間にか幔幕を張った番船は後退し、代わりに捕吏を満載した小舟が横付けしてあった。彼らは縄でぐるぐる巻きになった甚左衛門の身体を、数人がかりでまるで魚のように持ち上げ、舟の中へ乱暴に放り投げた。

虎之助は立ち上がり、今村に問うた。

「奴は、これからどうなるんで」

今村は無表情に答えた。

「急《せ》かされているでの。そのまま江戸へ送る。おそらくは、鈴ヶ森じゃ」

「命がつながる見込みは無《ね》えんですか？」

「ないな。江戸はいま、娘の仇討ちをしてやるような気分でおる」

「でも手を下したのは、娘のほうなんでしょ？」

「ああ、そうだ。だが不思議なことに、若い不憫《ふびん》な娘が犯した罪は、逆に同情を買うことがあるようだの。ともあれ儂にはもう関係ない」

「奴はいい野郎でしたよ。親切で、皆に好かれてました。なにやら訳有りなのは察していたが、大いに役に立つ水夫でした」

「なにをやらせてもうまく、如才のない男だそうだな。だが娘の言い分によると、全てが演技だそうだ。そして奴にはとんでもない裏の顔がある」

「恥ずかしながら、全く気づきませんでしたね」

「那珂湊で乗り組んでから日が経っておらぬであろう。気づかぬのは無理もない。だが今のうちに船から下ろすことができて、おぬし、運が良かったかも知れぬぞ」

「運が良かった？」

「娘によると、奴は、口あたりの良い毒のような男なのだそうだ。優しさにほだされ、笑顔に蕩《とろ》かされ、いつの間にか、とんでもないことを手伝わされていたと」

「野郎のいつもの手だって、そうおっしゃるんですかい」

「儂は知らぬ。江戸からはそう申し送ってきているというだけだ」

鉄兵は、ふらふらと甲板を歩み、虎之助と今村の後ろから近づいてきた。

今村はそれに気づかずに言葉を続ける。

「とにかくそんな男だ。よもや、船内であの男と親しくなっていた水夫などはおらぬか？あの娘のように純粋で無垢《むく》で、世間を知らず、よって騙されやすい、若い水夫などはおらなんだか？　奴はまずそういう弱い相手に近づくのだそうだ。そして言葉巧みに手下に仕立て、思うがままに操り、自分の代わりに罪を犯させる」

「そりゃ、とんでもねえ極悪人じゃあねえですか。とてもそんな男とは思えなかったが」

「ふむう。やはり船頭ですら見抜けぬほどの極悪人か。危なかったな。もしかするとこの幕府の密命船が、あやつに乗っ取られていたかも知れぬぞ」

鉄兵は、今村の真後ろまでやってきた。頭の中が沸き立つように混乱していた。

「これからは、せいぜい気をつけて航海を続けることだ。それと、奴の息がかかった水夫なぞは早めに船から放逐しておくことだな。なんなら、ついでに儂がふんじばってやってもいいぞ。毒にかぶれてしまったら、そいつも、ただの毒だ」

鉄兵はそのままぐるりと回って、前に出た。

そして今村に向かって飛びかかり、拳を前に突き出した。

虚を衝かれ、今村の頰が拳を受けてぶるりと震え、上体ががくりと前にのめった。虎之助も、隣にいた仁平も、予想のできぬ一撃だった。

「無礼者！」

「狼藉《ろうぜき》者！」

今村配下の武士二名が抜刀した。仁平がすかさず突き飛ばし、鉄兵の身体は甲板の上に転がった。すると、なにやら叫びながら上に覆いかぶさった男がいた。

武士のうちの一人が刀を振り下ろし、身体を両断しようとした。しかしがちんと大きな音がして刃先が空中で止まった。

仁平が懐に持っていた短い忍刀を抜き、すんでのところで止めたのだ。両の刃はしばらく空中で押し合っていたが、やがて武士のほうが根負けして、いったん刀を肩の上に戻した。しかしいつでもまた振り下ろせる体勢だ。

鉄兵の上に覆いかぶさったのは、九兵衛だった。彼は大声でなにかを叫んでいた。そして弾けるように飛び上がり、今村と武士たちの前に跪いて、こう喚いた。

「申し訳ごぜえません、申し訳ごぜえません！　このガキは、何も知らねえただの炊なんで。たぶん、甚左衛門の野郎にこうしろと吹き込まれていたんだと思います。こいつは、親を亡くした可哀想な奴で、それで甚左衛門に懐いていたんでごぜえます。こいつに罪はござんせん。もし斬るのなら、水夫長の儂を斬っておくんなせえ」

今村は頬を押さえていたが、やがて武士のうちの一人に支えられ立ち上がり、膝を軽く払って服装の乱れを直した。

「なんたることじゃ。下田奉行たるこの儂を、よりにもよって打擲《ちょうちゃく》するとは」

そう言ってあまりの屈辱にうつむき、怒りをかみ殺している様子だった。しばらくしてから気を取り直し、虎之助を正面から睨んで申し渡した。

「これはひとり儂だけの屈辱ではない。下田をあずかる今村家全体の屈辱じゃ。ただで済むと思うな。おまえたち、全員斬首だ」

だが虎之助も黙ってはいなかった。彼は言い返した。

「おっと、そりゃ困りますぜ。さっき、あなた様がご自分でおっしゃったでしょ？　ここはまだ下田じゃねえって。ここは船頭たるあっしの領内だ。そしてあっしは、仁平とともに幕船を預かってる。つまりここは、江戸と一緒なんですよ。あなた様は偉いお方だが、ここじゃただのよそ者なんだ。不埒《ふらち》者を裁くにしても、ここでは、あっしの法でやらせてもらうよ」

「その童《わっぱ》は、たった今、儂を襲ったんじゃぞ」

「いや、奴は素手ですよ。素手で殴ったんだ。たしかに破格の無礼にゃ違《ちげ》えねえが、それには、それなりの理由《わけ》があらあ」

「なんの理由か！　儂に落ち度があったと申すか」

「ええ、そうですよ。誠に恐れ入りますが、あなた様は今よその国の領内で、言っちゃあいけねえ、余計なことを言ったんだ」

「なんだと？」

「毒にかぶれりゃ毒だ、あんた、そう言ったでしょ？　これは、船の上では一蓮托生の船乗りたちに対する侮辱だよ。たとえ相手が毒だろうと、船の上ではともに助け合わねばならねえんだ。たとえ毒にかぶれようと、俺たちは、一緒にやらなきゃ海の底に沈んじまうんだ。だから、陸の上ではいざ知らず、毒を助けた水夫を毒よばわりしちゃいけねえんだよ。これが船乗りの法だ。この船の上での、俺の法だ。たとえ下田湊のお偉い方だろうと、ここでは俺の法に従ってもらうよ」

「無礼者め、船を丸ごと焼き払うこともできるのだぞ！」

若い武士の一人が大声で叫んだ。怒りで、構えた刀がブルブルと震えていた。

「やってみなよ。たしかに俺たちは今あんたたちの腹中に入ってて、完全に取り囲まれてる。かなり不利だよな。だが、だからって怖気《おじけ》付いて降参なんてするもんかよ。やるんなら、やるぜ。いつでも受けて立たあ。さあ、さっさと攻めて来いよ！」

こう言い切った。そして今村と、今村が率いる番所の全員を睨みつけた。

横に立つ仁平が忍刀を構え直した。脇に三太郎と蝶介がやって来た。這いつくばっていた九兵衛も立ち上がった。

番所の下っ端どもは、困惑した顔でその他の疾渡丸乗組員たちと対峙《たいじ》していた。

鬼丸と笹丸が、いつの間にか持ち出してきた大きな櫂を構えて立ちはだかっている。儀助と三木助も手に銛や木切れを持ち、こちらを睨んでいる。鄭賢は竈門の上に伏せてあった大釜を両手に持っていた。

しばらく誰もが黙り、疾渡丸の上でただ睨み合って立ち尽くしていた。

「はははははは」

やがて沈黙を破り、突然今村伝四郎正長が笑い出した。ひとしきり哄笑《こうしょう》し、手を振って配下どもに指示した。

「者ども下がれ。罪人は召し取った。我らの目的は達した。この男の申すことは正しい。ここは天領と同じだ。下田を守る我らが、まさか幕府に楯突《たてつ》くわけにはいかぬ。今のはすべて無かったこととしよう。儂は、船の揺れで足を滑らせ、甲板にしたたか顔をぶつけた。ただそれだけのことだ」

「し、しかし」

刀を構えていた武士が抗おうとしたが、今村は厳しい口調で命じた。

「ただ、それだけのことだ。刀を納めよ。そしてすぐに下船せよ」

「はっ」

武士はやっと引き下がり、配下の捕吏たちを引率して小舟に乗り移っていった。

虎之助は感じ入ったように今村を見つめ、仁平と並んで丁寧に一礼した。

「御賢慮、恐れ入りましてございます」

「おぬしの申すとおり、先ほどは儂も少し調子に乗った。何しろ生まれて初めての捕物であったからのう。この歳で、まるで童のように興奮しておった」

「ご無理もねえことで」

「江戸からは、確実に召し取れとの内意だった。本当はもっと下役の仕事なのだが、儂は下田を預かる今村家の名誉にかけて、何日も前から待ち構えておったのだ。それを首尾よく捕らえ、いささか気を抜いた。たしかに余計なことを言うたかもしれぬ。船改をして何年にもなるが、儂は船乗りではないからな。だから船乗りの法など何も知らぬ。とにかく、許せ」

「誠に恐れ多いこって」

「だが、儂のほうからも、ひとつだけ言い置いておくことがある」

「へい」

「その小僧によく教え込んでおけ。今日は幸運だったのだと。武士というものは、油断して不覚を取れば、自分の腹を切って汚名を雪《すす》がねばならぬ。それが武士の法だ。だから、起こったことをもみ消すことのできる力を持った儂はともかく、相手が相手なら自分の首が飛んでいたのだと」

「仰せの通りでございます。手前がようく申し聞かせておきやす」

「そうしておくことだな。湊には、どのくらい居る予定か？」

「特に別命なければ、乗員の疲労を癒やし、食糧や物資を買い入れるなどで、おそらく二、三日ほどは」

「心得た。せいぜい金を落としてくれ。あと、この船の元気の良すぎる水夫どもに、面倒や諍《いさか》いは起こさせないようにしろよ」

今村は言い、まだ般若《はんにゃ》のような形相で身構えている笹丸のほうを見て苦笑した。そして鉄兵と、横に立っている九兵衛のほうへちらと目をやると、横付けした番船にふたたび乗り移り、去っていった。

（十四）

「あんた、また無茶をしたな」

　仁平はほっと息をつき、小声で虎之助に言った。

「なんだよ、船乗りの法って。俺は確かに生粋の船乗りじゃないが、そんな法があるなんて、これまで聞いたことがないぜ」

　虎之助は、澄ました顔で答えた。

「だろうな。俺もない」

「おい、おい……勘弁してくれ。口から出まかせかよ。今のはよくできた野郎だったから引き下がってくれた。だが、いつもこううまく行くとは限らねえぜ。武士なんてのは、大半はただの馬鹿だ。その武士のはしくれだった俺が言うんだから、確かさ」

「今日は幸運だった、か。確かに、今村はよくわかってる野郎だったな。鉄兵も、九兵衛も、そして俺も、今日はただ運が良かったということか」

「そうだ。運が良かっただけだ」

「だが仁平、おめえだって番所の連中に対して、刀を抜いたぜ」

「それしかねえだろう？　でねえと、九兵衛も鉄兵も斬られてた」

「ああ、そうだな」

「まったく、先が思いやられるぜ。いったいぜんたい、これからこの船はどうなっちまうんだよ」

「さあな、俺にもわからねえ。今日、頼りになる水夫を一人失ったばかりだしな。でもよ、もしかしたら疾渡丸は、ものすげぇ良い船になるかもしれねえ。さっきの見たろ？　まだお互い知り合って大して日も経ってない同士なのに、この無鉄砲な船頭や炊を守るために、全員がてめえの身の安全を顧みず、一斉に身構えてたんだぜ」

「どいつもこいつも、ただの大馬鹿なんだよ」

「選《え》り抜きの大馬鹿ばかりが乗る、幕府密命弁財船か。確かに、先が思いやられるな」

虎之助は鼻を鳴らし笑った。あきれ顔の仁平も、一拍おいてから口を歪《ゆが》め表情を崩して声を漏らした。

虎之助は、疾渡丸の舳先に並んで立つ九兵衛と鉄兵のほうへと顎をしゃくった。

「見ろよ、あの背中を。まるで実の親子みたいじゃねえか」

＊

鉄兵は、疾渡丸の舳先に立ちつくし、いま岸に着いたばかりの小舟を見ていた。

舟から、縄を打たれた甚左衛門の姿が現れ、背中を小突かれて岸辺に降り立った。そのまわりを何人もの捕吏が取り囲み、大きな唐丸駕籠《とうまるかご》を被せられて、やがて甚左衛門の姿は見えなくなってしまった。

「鈴ヶ森って、なんのことなの？」

鉄兵は、九兵衛のほうを見ずに聞いた。九兵衛は答えた。

「ちょっと前に江戸に出来た刑場だ。死罪になった奴らの骸を晒して、これから江戸に入って暮らそうとする者に警告するんだそうだ。やらかしたら、こうなるぞ、と」

「甚左衛門も、そうなるんだね」

「ああ、たぶんな」

「甚左衛門は、きのう、自分のしたことを全部話してくれた。自分はいつか捕まるとも言っていた。それでもしばらく船に残って、みんなとどこか別の場所に行くつもりだったんだ。疾渡丸に乗って、風を捕まえて、おいらたちと一緒に行くつもりだったんだよ。あいつは、仲間だった」

「ああ、そうだ。ほんのわずかな間だったが、あいつは仲間だった」

鉄兵はまっすぐ岸辺を見た。涙は次々と流れてきたが、しっかりと見えた。甚左衛門を閉じ込めた唐丸駕籠が、岸辺を離れていくさまが。

友が去っていくのを、鉄兵は、最後まで見届けた。

「九兵衛さん。さっきは、ありがとう。おいらを庇《かば》ってくれて」

九兵衛は、岸辺から目を離さず、ボソッと答えた。

「ああ、別にいいってことよ。甚左衛門もおめえも、疾渡丸に乗ってる仲間だ。俺は水夫長だからな、ああいうときには、身を投げ出さなきゃいけねえんだよ。それが俺の役目だ。それに……」

「それに?」

「もしおめえを庇って死んだら、俺の血が、甲板いちめんにぶち撒《ま》かれるよな?」

九兵衛は鉄兵の顔を正面から見た。珍しく、ニヤリと笑った。

「そしたらおめえは、今度という今度は、性根を入れて椰子摺をしてくれるだろ?」

鉄兵も、仕方なしに笑った。

涙がまだ頬を伝っていたが、鉄兵は泣き笑いしながら、ふと空を見上げた。

そこに落ち葉は舞っていなかったが、風が吹くのが見えた。

遠くから海を渡ってきた風が、この入江の切り立った高い崖に突き当たり、くるくると回って行き場を失い、やがて勢いを失って、そっと海に落ちていくのが見えた。

江戸表

歩き声明《しょうみょう》

（一）

透き通るような涼しい秋風が、榧《かや》の梢《こずえ》をそよがせながら、芝《しば》の神域を吹き抜けてきた。参道に雀《すずめ》が舞い降り、互いにちろちろと鳴きかわしながら、遠近《おちこち》を楽しげに飛び跳ねていた。

深閑《しんかん》とした境内《けいだい》のあちこちに巨大な伽藍《がらん》が建ち並び、樹々の緑の上で甍《いらか》を争っている。

ここは、江戸の中心にありながら、世俗とは隔絶された異種の空間だった。

静かな境内をゆっくりと歩む。増上寺《ぞうじょうじ》二十三世法主《ほっす》、遵誉貴屋《じゅんよきおく》は、門弟たちを引き連れ、広大な増上寺境内の様子を見回っていた。

やや小柄で肉がついた体つき。穏やかな表情。真っ白な長い睫毛《まつげ》や垂れた口元などは、まるで老いた山羊《やぎ》が微笑《ほほえ》んでいるように見える。

絹《きぬ》で織られた光沢《こうたく》のある法衣《ほうえ》に身を包んでいる。法衣は、この大寺での最高位を示す緋《ひ》色《いろ》だ。首からは萌黄色《もえぎいろ》の威儀細《いぎぼそ》（浄土宗の袈裟）を下げ、払子《ほっす》（仏具の一種）をゆらりと手に持っている。

貴屋は、五十歳を超えている。

これまでの長い生涯を、仏に仕え、人々のため祈る、ただそれだけに捧げてきた。ひたすらに南無阿弥陀仏《なむあみだぶつ》を唱え、それ以外のことを考えなかった。

そんな貴屋の説法に人々は熱心に耳を傾け、最後に納得した。貴屋は赤心《せきしん》をもって人々を導き、何度も不毛な争いごとを防ぎ、世の静謐《せいひつ》を保つ役に立ってきた。

法主に任ぜられたのは、これまでの誠実な努力が実ったからだ。

貴屋は満ち足りた思いを噛《か》み締めていた。

境内には一昨日の嵐の爪痕がまだ残り、数本の倒木と、強風で飛ばされた瓦が粉々に砕けたりしているのを発見し、早々に片付けさせた。

参道の端はぬかるんでいたが、日の当たる箇所はよく乾き、参詣者の歩行に不便はないようだった。

貴屋は内心、胸をなでおろした。

想定外の嵐であれこれ段取りが狂った。が、大きな影響はない。

明日は、崇源院《すうげんいん》（二代将軍秀忠の妻、お江《ごう》）の二十七回忌が結願《けちがん》する日。就任したばかりの第四代将軍、徳川家綱《とくがわいえつな》が自ら江戸城を出て、はじめてここ増上寺までやってくる日なのだ。

家綱はまだ十二歳。父である前《さきの》将軍、徳川家光《いえみつ》の死去を受け就任した。まだ元服前で、密《ひそ》かに「幼君《ようくん》」などと呼ばれている。

京の知恩院《ちおんいん》と並ぶ浄土宗《じょうどしゅう》の頂点、増上寺をまとめる法主となった貴屋は、これまでとは違う新たな責任を負っている。

徳川の天下は盤石《ばんじゃく》であり、戦乱や無意味な人死はたしかに減った。しかし、まだ心もとない平和だ。

皆が、なんの不安も怯えもなく、健やかに暮らし、やがて安らかに成仏することのできる世の中。それを実現しなければならない。

また徳川家からの尊崇《そんすう》をさらに深いものにし、増上寺の地位と格式を保つ。教団としての勢力をさらに伸ばし、数多くの信徒たちに恩沢を分け与える。

幼君家綱の参詣は、そうした貴屋の夢を実現するための格好の機会なのだ。

貴屋はふと立ち止まり、天を仰いだ。頭上に傘を差し掛けていた門弟が、気を利かせて秋の空が見えるようにしてくれた。

貴屋はその心遣いににっこりしてうなずくと、

「疲れた。ひと息入れるとしよう」

と、近くの広い石段を指差した。

別の門弟が小さな毛氈《もうせん》を手早く敷いて、丁寧に差し招いた。貴屋がゆったりと座ると、鉄の湯缶《とうかん》を提げていた門弟がその場で碗《わん》に茶を移し、トンと脇に置いた。

「塩瀬《しおぜ》はあるかな、塩瀬は」

貴屋は指を動かしながら尋ねた。

「はい。ただいまお持ちいたします」

誰かが言って、ほどなく朱塗りの高坏《たかつき》に盛られた小さな饅頭《まんじゅう》を差し出してきた。

塩瀬とは、薄皮と餡《あん》で包まれた饅頭のことだ。

幕府の開祖家康《いえやす》が、増上寺の本尊のたもとに兜《かぶと》を置き、その上に据え付けて戦勝を祈願したものと伝えられている。この風習は今でも続いており、京から江戸に出店したばかりの塩瀬という饅頭屋が、数日ごとに、できたてを届けてくる。

もちろん貴屋ら高僧には別途で菓子折が届けられる。中身も、落雁《らくがん》、椿餅《つばきもち》など盛り沢山だ。貴重な甘葛《あまづら》や砂糖などが使われた、京ですら入手の難しい品々だ。役得である。

貴屋は、塩瀬をひとつつまんで口に入れた。

軽いサクサクとした歯触りの小豆を核に、まわりをゆるりと包む、ほのかな苦味を感じる餡。さらにそのまわりを、天女の羽衣のような薄皮がまとっている。ひと噛み、ひと噛みごとに違った世界が広がるようだ。

饅頭は小さいのでつい一息に食べきってしまうのだが、茶の渋みを味わったあとに、ふたつめを頬張るとまた別の宇宙が広がる。わかりやすい、強い甘さではない。が、決して食べ飽きることがない。

貴屋は門弟たちにも塩瀬を配った。全員の分は無かったが、二人でひとつ、手で捥《も》いで分けた。みな、ありがたそうに口にした。

貴屋の好みを熟知している出入り商人たちは、別の筋から、貴重な南蛮《なんばん》菓子も届けてくる。中でも特に好みなのが、有平糖《あるへいとう》だ。

俵形の小さな飴菓子で、砂糖に水飴《みずあめ》を混ぜることで、口の中でサクサク溶けて、あとに爽やかな甘味を残す。

色とりどりに加工されたこの飴を、二、三まとめて口中に放り入れる。

味は甘く、軽く、そしてどこか儚《はかな》い。

水飴でつながれた細かな砂糖の粒が、口中で溶け、ゆっくりと崩れていく。まるで、童《わらべ》の頃にみんなで花の蜜《みつ》を吸ったときのような甘さ、そして儚さ。

貴屋は有平糖を口にするたび、幸せだった遠いあの頃を思い出す。ただひたすらに純粋で、美しく、楽しかったあの頃を。

その後仏門に入り、厳しい修行に明け暮れた。皆の幸せのために祈り、世の静謐のために、ただひたすらに善行を積んだ。

あの日々をともに過ごした童達のその後は、一切知らない。一緒にいた父も母も、兄弟も、みんなもうこの世にはいない。

自分ひとりだけが残り、ただ口に飴や饅頭を放り込み続けている。

甘味が全身にまわり、力がみなぎってくるのがわかった。


とにかく忙しかった。とても疲れていた。

来たる崇源院二十七回忌に将軍の御成《おなり》が叶《かな》うかどうか、まずは江戸城にお伺いを立てて沙汰《さた》を待ち、人を走らせ、また自分でも動きまわってさまざまに説得した。

その際、出入り商人を使って各方面にそれとなく進物などを届けさせたが、中には気を利かせ、袖の下まで配った者もいたようだ。貴屋としては誠に不本意ながら、俗世の習いであり、必要悪である。

そうしてやっと、向こうの重い腰を上げさせることができた。

しかし、思わぬところから横槍《よこやり》が入った。

いまだ世情不穏につき幼君を江戸城の外に出すなど沙汰の限りと、大奥筋から叱られたのだ。それによって交渉に当たっていた幕府役人の腰が砕け、破談しかけた。

大奥を動かしたのは、将軍御側《おそば》の中根《なかね》壱岐守《いきのかみ》正盛《まさもり》という男だと聞いた。先代将軍の頃より任をつとめ、幕閣で独特の重みを持つ男だ。頭が切れ、もの怖じしない豪放な性格だが、反面、うしろ暗い影のようなものがある。貴屋も面識はあるが、どこか嫌な男だった。

その中根が裏にいる以上、二十七回忌に将軍を迎える計画は破綻したかに思えた。

が、なぜか数日前に急転直下、挙行すると返事が来た。

一時は絶望しかけただけに、貴屋は信じられない思いだった。そして、これは御仏《みほとけ》のお導きによる運命《さだめ》だと思い定めた。

細かい式次第をあらかじめ幕府筋と打ち合わせる暇《いとま》がなかったため、おおよその流れは先例に倣うこととされた。すなわち家光時代の、崇源院二十三回忌における流れを踏襲することになったのだ。

だが貴屋は、そこにひとつ、仕掛けを施すことに決めていた。

参詣の終わり近く、堅苦しい拝礼や御目通りの連続に幼君が疲れ、飽きてしまった頃。本堂の目の前に、それまでなかった四阿《あずまや》を出現させる。幼君は驚き、興味を示すだろう。

その中でいったん、いま食べているような甘い菓子などを差し出す。

やがて、寺の裏手から声明師《しょうみょうし》たちが一列になって行進してくるのだ。

声明とは、僧侶たちが行う声楽のことだ。

古代天竺《てんじく》の頃より伝わり、梵唄《ぼんばい》とも呼ばれ、厳しい鍛錬を経た僧侶たちが独特の節をつけて、鉦《かね》を鳴らし、ゆっくりと経文《きょうもん》や偈《げ》を唱える。

それを聴く信徒たちは美しい音色に陶酔し、やがて周囲と一体となったような高揚感を覚えるという。

日の本では天台宗で代々受け継がれてきたが、貴屋は浄土宗にも取り入れるため、京都魚山《ぎょざん》へ人を出し、この歩き声明を学ばせていた。

その技法を会得した僧らが、江戸から少し離れた豆州下田《ずしゅうしもだ》に入っている。

貴屋は、幼君を楽しませ、その胸に増上寺の印象を深く刻みつけようと、密かに画策していた。

面目を潰された幕府の役人どもからあとで叱声《しっせい》が飛んでくるだろうが、なに、構うことはない。ここは増上寺。徳川家の菩提寺《ぼだいじ》だ。木端《こっぱ》役人どもなど恐れることはない。何より大切なのは、他ならぬ将軍自身の御意志なのだ。今日これから幼君の心を攬《と》ることにさえ成功すれば、まわりの雑音は、いずれ自《おの》ずと鎮まることだろう。

声明師たちが、もうすぐここにやって来る。

嵐でいったん下田湊《みなと》に足止めされたとのことだが、今日は海も静かなはずだ。明日の夕刻に予定されている催事には間に合うだろう。

貴屋は手元に残った最後の塩瀬をつまみ、大きく開けた口の中に放り込んだ。

（二）

下田湊の大浦《おおうら》番所に甚左衛門《じんざえもん》の身柄を引き渡した疾渡丸《はやとまる》は、そのまま大浦での停泊が許された。

船乗りたちは、ここ数日の激しい航海に疲れ、大切な仲間をうしなった衝撃から、全員が船内のあちこちでへたり込んでいた。

炊《かしき》の鉄兵《てっぺい》は船べりに立ち、じっと岸辺の番所を眺めていた。甚左衛門を押し込めた唐丸《とうまる》駕籠《かご》がものものしい隊列を組んで運び出されていくのを見届けると、黙って船底に引っ込んでしまった。

食糧の足りない船内に、番所から握り飯の差し入れがあったが、手をつけようとする者は少なかった。

誰も何も喋《しゃべ》ろうとせず、やがてあたりは夜の闇に閉ざされた。

五ツ半（夜九時）頃、疾渡丸に珍客が訪れた。

音もなくぬっと黒い海から現れると、舷側《げんそく》の垣立《かきだつ》を越え、帆柱《ほばしら》のたもとでうたた寝をしていた三木助《みきすけ》に声をかけた。

「仁平《にへい》はおるか」

いきなり呼びかけられた三木助は、飛び上がった。

そこに立っているのは、全身柿渋《かきしぶ》色の装束に身を固めた忍びであった。

「へ、へい。おりますよ。あなたさまは？」

「佐塚基吉《さづかもとよし》、と言えばわかる」

転がるように矢倉《やぐら》の中に入った三木助は、すぐに仁平を連れて戻ってきた。

仁平は表情を変えず、

「どういう風の吹き回しだ？」

と基吉に尋ねた。

基吉は口の端で笑って、答えなかった。

虎之助《とらのすけ》と九兵衛《きゅうべえ》も矢倉の上に上がってきた。他の乗組員たちは伝馬込《てんまこみ》のあたりに集まり、腕組みをして物珍しそうに眺めている。

「この男は？」

虎之助が仁平に尋ねる。

「佐塚基吉という公儀隠密《こうぎおんみつ》だ。疾渡丸に乗り組むまで、私の仲間だった」

するると基吉は鼻で笑い、答えた。

「だった、か。儂《わし》はまだ仲間だと思うておるのだが。まあ、それはよい。大事な話がある。どこか、部屋まで案内《あない》せよ」


三人は船頭の間に入り、扉を閉め切った。

基吉は切り出した。

「儂は今朝、江戸から駆けてきた。夕刻ここに着き、山の上にある海善寺《かいぜんじ》を訪ねた」

「なぜだ」

仁平がいぶかしそうに尋ねる。

「増上寺へ向かう声明師たちが乗り組んだ船が、無事に湊を出たかどうかを確認するためだ。船名は吉祥丸《きっしょうまる》。本来であれば疾渡丸に警固されるはずだったが」

「一歩、遅れましたよ。何しろ、こちとらあの大嵐をくぐってきましたからね」

虎之助が憮然《ぶぜん》とした面持ちで答えると、

「そうだろうな」

と言い、基吉は深いため息をついた。

「代わりに、別船がやって来てその役割を代わったそうな。幕船のふりをしていたが、実は偽物じゃ」

「なに！」

「船名は義天丸《ぎてんまる》。大小二枚帆を持つ大きな船だ。正規の鑑札《かんさつ》も持っていたはずだから、大浦番所でも正体を見極めるのは難しかったであろう」

「私たちはそうと知らず、入湊《いりみなと》の前に両船とすれ違った」

「では、実際に船容を見たのだな」

「そのとおりだ。北に向かっていた。偽物とは、どういうことだ？」

「義天丸は、その日の夜明け前まで江戸の日比谷《ひびや》湊に浮いていた。船体が傷んでいたので、台上げ（補修）する予定だった。そこを賊に狙われた。留守居の二人が斬られ、船は奪われた」

「なんだと？　公儀の船が奪われたと申すのか」

「ああ。前代未聞の大失態だ。賊は船を奪い、姿を消した。行方は杳《よう》として知れなかったが、儂は嫌な予感がした。そこで陸路を走ってここまで来た。そしたら、案の定だった」

「吉祥丸に乗っていた声明師たちとは、何だ？」

「浄土宗の坊主のことだ。声明は仏徒のあいだに伝わる声楽の類《たぐい》で、増上寺から選り抜きの僧が十五人ほど京へ遣わされ、修行していたということだ。しばらく前から海善寺に逗《とう》留《りゅう》し、二日前に江戸へ向かうはずだったが、あの嵐で足止めをくった」

　ここで、虎之助が疑問を差し挟んだ。

「そもそもお寺さんの用事なのに、なぜ幕府が船まで出して警固するんですかい？　確かに増上寺は将軍家の菩提寺だが、筋が違うでしょ」

「そこなんだ。実は、あとひとつ重大な話がある」

「なんですか」

　虎之助は、思わず基吉ににじり寄った。

「秘中の秘だ。断じて口外してはならぬ」

　基吉は、まず虎之助に対し厳かに言い渡し、仁平のほうを向いた。

「これはおぬしもまだ知らぬ話だ。心して聞け」

「うむ。続けろ」

「江戸で、ちかく不逞《ふてい》浪士どもが蜂起するという報が入ったのだ」

「なんだと！」

「おぬしと儂は、由井正雪《ゆいしょうせつ》一党の叛乱《はんらん》を潰すため共に働いた。だが、あれで終わりではなかった。幕府に恨みを持ち、天下をひっくり返して騒乱を起こそうと画策する奴《やつ》ばらが、まだまだ隠れておったのだ」

「必ず世は落ち着くと信じて、あのとき儂もおぬしも心を鬼にした。それが無駄だったというのか」

仁平は絶句し、苦しそうに首を振った。友のただならぬ様子に驚いた虎之助が、横から確かめた。

「蜂起する、と仰《おっしゃ》いましたね。ということは、まだ、してはいないと」

「その通りだ。計画を察知した幕府が、あらかじめ密偵を潜り込ませていた。蜂起のあらましがわかった時点で捕吏《ほり》を引き入れ、首謀者どもを捕縛した。つい数日前のことだ」

「首魁《しゅかい》を？　ならそれで、めでたし、めでたしじゃねえですか」

虎之助は不思議そうに言ったが、基吉はかぶりを振った。

「そうはいかぬのだ。叛乱の根の深さは、我々の想像を超えていた。下っ端の多くは主家をなくした浪人たちだったが、計画の中枢《ちゅうすう》には、筋目のある軍学者や地位のある武士らが多数含まれていた。江戸城詰めの幕臣までもな」

「それで、まだ捕まってねえ奴が残ってる、そういう話ですかい？」

「そうだ。奴らは烏合《うごう》の衆ではなく、統制が取れている。首魁が捕らえられようが、計画通りにことを進めているようだ。ここの番所も、西から来る怪しい船に目を光らせておくよう厳しく指示されていた」

「すると義天丸には、武装した叛徒がわんさと乗り組んでいるかもしれぬと。でも、叛徒の狙いは江戸なんでしょ。もともと江戸にいた義天丸が、なんでわざわざ下田くんだりまで来たんで？」

「警固する声明師たちの行き先が、芝の増上寺なんだよ。明日、そこに上様が参詣されることになっておる」

「声明師たちの船をわざわざ連れて……まさか」

「その、まさかだ。きっと声明師に化けて将軍を手にかけるつもりなのだ」

「江戸には知らせたんですか？」

「早飛脚を走らせたが、届くのは明日だ。あいにく下田の番船は、江戸湾の警戒のためすべて召し上げられておってな。奴らを追い、足止めする船がない。危険な仕事だが、疾渡丸にそれを頼みたいのだ」

「すれ違ったのは、まだほんの数刻まえのことだ。今から追えば、疾渡丸なら追いつけねえこともねえ」

「江戸に向かったとして、そろそろ相模灘《さがみなだ》に入っておる頃だろう。あんなことがあったあとで悪いが、この船ならば追えると期待しておる」

「追いついたら、どうすんです？」

「荒事《あらごと》になるだろうな。儂と仁平、外にいる二人の隠密で斬り込む。おぬしたち水夫《かこ》は、そこまで儂らを運んでくればいい」

「船戦《ふないくさ》になるのでは？」

「そうなるかもな。だから、安全な航海ではなかろう」

「仮に、取り逃した場合は？」

虎之助が聞くと、基吉は目を落として答えた。

「おぬしらを咎《とが》めはせぬ。だが、下手をすると、徳川が滅ぶ。そのあとは……天下大乱だな」

仁平が割って入ってきた。

「船頭、私たちが追わないと、あの船は止められない。頼む。船を出してくれ」

「わかったよ。だが水夫たちにこのことは話すぞ。いいな」

「うむ。基吉、この船の水夫たちは大丈夫だ」

仁平が請け合うと、基吉は小さくうなずいた。

「やるだけやってみよう」

虎之助は基吉の目を見て言った。

「これから急ぎ船出し、全力で追います。とはいえ、準備に小半刻《こはんとき》（三十分）はかかる。

そのあいだにあんたは番所へ掛け合って、水と食い物を分けてもらってください」

「わかった。すぐに参る」

基吉は言うや、瞬時に姿を消した。小さく飛沫《しぶき》の音がして、黒い影が岸辺に向かうのが見えた。

（三）

虎之助は船じゅうに轟《とどろ》く大声で、船乗りたちを伝馬込へ呼びあつめた。矢倉の中で寝ていた者は、その声で叩《たた》き起こされた。船底からは笹丸《ささまる》に手を引かれて、鳩《はと》飼いの姉妹も上がってきた。

虎之助は集まった皆の顔を見渡し、厳しい声音で言い渡した。

「みんな居るな。御公儀の用向きで、これから緊急に船出し、先ほどすれ違った船を追いかける。相手の正体はわからん。もしかしたら手荒な真似をしてくるかもしれない」

船乗りたちは皆、緊張した面持ちで聞いていた。何人かは水夫長《かこおさ》の九兵衛のほうへちらりと目をやった。

「船頭、いちおう言っときますよ。みんな疲れてる。ここ数日、おっそろしく大変な目に遭ってきたからね。それに、船もまだあちこち傷んでる。本来なら数日は下田に止《とど》まるべきだと思うんですが」

「もっともな意見だ。だが、今はその余裕がない」

「そう言うと思いましたぜ」

九兵衛はそのまま黙った。

虎之助が仁平のほうを向く。仁平はうなずき、話を引き取った。

「皆には事情を明かしておく。秘中の秘ゆえ、事が済んでも他言は無用と心得よ。実は、先ほどすれ違った二艘の船に、幕府を転覆せんとはかる叛徒どもが乗り込んでいた。本船は今から追いかけ、二艘をできる限り海上で足止めする。江戸湾に入れば、味方の警固船もいるはずだ。この船の水夫たちには、悪いが問答無用でつきあってもらう。荒事は私たちが受け持つ。だから危険はない……」

「はずだ」

すかさず儀助《ぎすけ》が付け足した。仁平は渋い顔をしたが、皆は大笑いした。

「もともと高いお手当をもらってんだ。いざとなりゃ俺たちも身体を張るんでしょ、わかってまさあ」

三木助が言った。皆が一斉にうなずいた。

虎之助は、頭をかきながら答えた。

「まあ、そういうことだ。俺から言い直す。危険はない……ことを願う」

また皆が大笑いした。

新たな目的《しごと》を得て、沈んでいた船の士気は一気にあがった。

そのまま皆がすぐに船出の準備にかかりはじめる中、虎之助は、鉄兵と鳩飼いの姉妹に声をかけた。

「これはあぶねえ仕事だ、子供は連れていけねえ。おめえらはあの小舟に乗り移って、番所で待ってろ。終わったら迎えに来る」

鉄兵はおどろき、激しく抗議した。

「そんな！　おいらは子供じゃねえです。この船の炊として雇われてるんだ」

「鉄兵。いいか、よく聞け。これは本当にやばい仕事だ。下手すりゃ船が沈む。誰かが死んじまうかも知れねえ。俺は、そんなとこを子供に見せたくねえんだ」

「一緒に江戸渡りしたじゃないですか！　あのとき、船は沈んでもおかしくなかった。それを皆で切り抜けたんです。おいらだって働いた。おいらは子供じゃねえ、疾渡丸の水夫だ！」

「鉄兵、あまりわがままを言うな。確かにおめえはよく働いた。おめえはこの船の水夫だ。

だが、まだおめえに血は見せたくねえんだよ。船頭の気持ちをわかってやれ。おめえには、この仕事はまだ早い」

横から、九兵衛がやさしい口調で説得した。が、鉄兵は納得しなかった。

また、鳩飼いの姉妹も退船を拒否した。こちらはもっと決然とした、品位のある言い方だった。

「わたくしたちは幕府の依頼を受け、鳩使いとして一族の誇りをかけ、この船に乗っています。鳩が船に残る以上、わたくしたちも残ります。これは、鳩使いとしての矜持です」

まだ年端も行かぬ少女たちなのに、不思議な迫力があり、虎之助も九兵衛もなにも言えなくなってしまった。

そのとき、突然床にぽかりと穴があいた。

「この二人は、あたいが命をかけて守りますよ、連れて行っても大丈夫です」

甲板の揚板を船底からはね上げ、笹丸が顔を覗かせて言ったのだ。

鉄兵は、皆の目が床に注がれた隙に帆柱へかけ寄り、そのまますするすると登っていってしまった。

「おいらは、降りねえ！　ここにいる！」

遠く頭上から声が降ってきた。

虎之助と九兵衛は、しまったという顔をして柱を叩き、顔を見合わせ苦笑いした。

「連れてってやりましょう。あいつは、甚左を失っていま心にぽっかり穴が空いてるんだ。なにか仕事をさせないと、だめになっちまう。俺からも頼みます」

虎之助も不承不承《ふしょうぶしょう》うなずいた。

「もう仕方がねえ。このまま船出しよう」

「ありがとうごぜえやす」

九兵衛は言うと、鉄兵に向かって怒鳴り上げた。

「さあ、炊！　さっさと降りてこい！　笹丸は忙しい。代わりに、おめえがこの娘さんがたを守れ。そんなとこでサボってねえで、さっさと仕事をしやがれ！」

やがて、一艘の小船が脇に付けてきた。同時に舷側から基吉が影のように音もなく戻ってきて、言った。

「奉行の今村殿が、いろいろ武具を貸してくれた」

番所から派遣された数人の下人が、束ねた刀槍を運び込み、皆の前にどさりと横たえた。

「ほええ。戦支度か。今度という今度こそ、終わりかもしれねえな」

三木助がつぶやいた。

四爪碇《よつめいかり》を上げ、櫂《かい》を使って疾渡丸は尻からそろそろと大浦の外に出た。弥帆《やほ》を立て、風を受けて舳先《へさき》を沖に向けた後、大轆轤《おおろくろ》をまわして帆を上げ、折から吹き付けてきた南風に乗り、一気に洋上を奔《はし》り出した。

船頭の間に蠟燭《ろうそく》を立て、番所から預かった絵図を囲んで、虎之助と仁平、基吉、九兵衛の四人が合議していた。部屋は狭いので、文字通り立錐《りっすい》の余地もない。

「二艘が湊を出たのが、七つ（十五時）あたり。貴船とすれ違いに北上し、今でもその方位を保っているであろう。だとすれば、現在の位置は、おそらくこのあたり」

基吉が絵図を指差した。小田原《おだわら》の沖合である。

「お待ちくだせえ」

九兵衛が口を挟んだ。

「はばかりながらこの九兵衛、船の速さには詳しゅうございます。多少、異論ありますがよろしいか」

「もちろんだ、遠慮なく申せ」

「あなた様は、おそらく船一艘の速さで算盤《そろばん》を弾いておられると思います。実際には二艘が並んで進んでおり、一艘は小さめの二形船《ふたなりぶね》です。確か、帆もずいぶん小さかった。はっきりしねえが、腕の良い水夫が乗り組んでいる風でもねえ。とすると、この二艘の船足はかなり遅くなるはずです」

「ほう。どういうことか」

基吉が、素直に聞いた。

「二艘で進むなら、必ず遅い船に合わせなきゃならねえ。しかも真っ暗闇です。油断してたらすぐにはぐれちまう。つまり、そろそろと進むしかねえってわけです」

「なるほど。ではまだ、相模灘には達していないと」

「へえ。あっしの勘では、今はこのあたり」

言って、湯河原《ゆがわら》の沖合を指した。

「追えば、追いつけるか？」

仁平が気忙《きぜわ》しく尋ねたが、九兵衛はかぶりを振った。

「かなり出遅れてるが、追いつくだけならできますよ。だが、捕まえるのはちと難しいね。大海原は広くて、暗いんだ。それにこの順路だと、相手はどこかで必ず東へ転舵する。相州の陸地にぶつかっちまうからね。でも、どの頃合いで転舵するかがわからねえ。下手をすると、せっかく追いついても、姿を見ぬまま追い越しちまいますよ。空籤《からくじ》を引く恐れがありますよ」

「なんとか捕捉する手立てはないのか？」

仁平は、食い下がった。

「相手の灯火を見つければなんとかなるかもしれやせん。でも波に隠れて、そう何里も先からじゃ見えませんよ。これは、まあ、危ねえ賭けだね」

「むむ。どうすべきか」

基吉が天を仰いだ。

「それに、いつまでも二艘ではあるまい」

仁平が指摘する。

「どういう意味だ?」

「叛徒どもは、声明師に成りすますつもりだ。拐《かどわ》かした本物を、いつまでも生かしておくはずがなかろう」

「ってことは、ばさっ、と?」

九兵衛が、首に手刀を当てながら、震える声で言った。

「そうなるだろうな。暗い大海原の上で、陸地や他の船から見咎《みとが》められる心配はない。その上で早々に吉祥丸を捨ててしまえば、あとは義天丸一艘のみ。うんと身軽になる。東に転舵するときが、頃合いだろうな」

基吉が、仁平に異を唱えた。

「いや、始末するのはもう少し後かもしれぬ。上様の御参詣は、午後になる見込みだそうだ。あまり早く着いてしまうと、誰何《すいか》されて正体が露見するとも限らぬ。おそらくは、ぴたりと着到するよう算段しておるのではなかろうか」

「たしかに、そうだな。しかしいずれにせよ賊は、夜明けまでに声明師を消す。そのあと足手まといになる吉祥丸を放棄し、一艘だけになる」

「ということはだ、九兵衛。その二艘はしばらく地乗りを続けるんだな？」

　虎之助が口を開いた。

「へい、それは請け合いますよ。互いを見失わないようにするだけで精一杯のはずだから、沖合いを進むのは無理だ。常に陸地の影を見て、方向を間違えないよう、必ず地乗りで進むはずですよ」

「仁平、ならば、他にも手がある」

「なんだ？」

「考えてみろ。奴らが地乗りを続けるということは、真鶴《まなづる》から御崎《みさき》（三崎）までを、弧を描くように進むということだ」

　そう言って、絵図の海岸線をざっと指でなぞった。

「つまり、最短ではない。余計に時間がかかる。それを考慮すると、奴らが城ヶ島《じょうがしま》に差しかかるのはいつ頃だよ、九兵衛？」

「ええと……難しいことを言いなさるね。船足が実際にはどのくらいか、細かくはわからねえんだ。それと、風の条件と、船乗りの腕」

「おめえさん得意の、勘でいいんだよ。だいたい、いつ頃だ？」

「ぴたりとじゃねえが、おそらく朝方だ。七つ（四時）か、七つ半（五時）くらいのもんだと思いますぜ」

「まだ、夜は明けてねえな」

「へい。しばらくは闇の中ですよ」

「ならば話は簡単だ。どのように進もうと、江戸湾へ入るには、必ず城ヶ島を通らねばならないんだ。俺たちはそれまでに先行し、待ち構えていればいい」

「先行する……あっ！」

九兵衛が気づいた。

「沖乗りで、ここからまっすぐ城ヶ島まで直行するんですね？」

虎之助は大きくうなずいた。下田から、まっすぐ城ヶ島に向かい指でなぞる。

「それならだいぶん早くに着けるぜ。で、相手を不意打ちしてやれる」

「なるほど。しかし沖乗りはとても難しく、危険な航法であろう？　本当にできるのか？」

基吉がいささか心配そうに尋ねた。が、九兵衛は得意げに答える。

「この船は、沖乗りの鍛錬をたっぷりと積んできましてね。水夫たちはみんな相当な腕前になってます。この疾渡丸は、風さえ吹いていればどこへでも行けますぜ。こまめに帆を上げ下げして方角を変えられる。うまくすりゃ、数刻で着けると思いますよ。もっとも、行く先の方角がずれてなければの話だが」

虎之助も腕組みをしながらうなずいた。

「それが問題だな。ちっとでもずれると城ヶ島を行き過ぎちまう。待ち伏せするには、ぴたりと着けなきゃ駄目だ。船頭の腕前が試される局面だな」

「信頼しておるぞ」

仁平の言葉に皆がうなずいた。

虎之助は、覚悟を決めたように息をつくと、真っ暗な甲板に出て、大音声で皆へ呼ばわった。

「さあおめえら、ケツ上げろ！　今からまっしぐらに城ヶ島へ向かう。なにも見えない海の上を突き進むぞ。わかったか！」

「オウ！」

全員が、あちこちから大声で唱和した。

疾渡丸は丑寅《うしとら》(北東)の方角に向け転舵し、風をつかみ、闇に閉ざされた海を切り裂くようにぐいぐいと進んで行った。

(四)

夜更けに、飛報が届いた。

下田から江戸までは、普通に歩けば三日か四日ほどかかる距離だが、飛脚と早馬を組み合わせた、浄土宗門徒たちの協力により作られた最速の便で、いちはやく知らせが届いたのだ。

貴屋の待ちわびる吉祥丸が、やっと下田の湊を出たという。

昨日の七ツ時のことだ。現地の番所の心遣いか、わざわざ警固の船が随伴《ずいはん》して出ていったという。手厚いことだ。

その報を信じれば、風次第ではあるが、おそらく昼くらいまでには江戸に着くはずだ。なんとか間に合う。

貴屋は、ほっと胸をなで下ろした。

これから夜を徹して準備を行い、将軍をお迎えするため、すべての堂宇や廊下、参道を清浄に保つ。なにも問題はない。

ついに、この日がやってきた。

先代の将軍徳川家光は増上寺を愛し、在任中、なにかと名目を見つけては頻繁に参詣を続けた。本堂裏にある家康廟所《びょうしょ》に詣《もう》で、奥に安置されてある阿弥陀如来《あみだにょらい》像の前でひざまずくのが常だった。この立像は家康が奉じた本人の念持仏で、長年、香煙に燻《いぶ》され続けたことで変色し、今では「黒本尊」と呼ばれている。いわば徳川家の魂に等しいものだった。

しかし家光の没後、将軍の座に就いた家綱は幼君であり、まだ自らの意思を示すことはない。まわりを取り囲む側近たちは、どうも、増上寺に対しては冷淡なように思えた。偉大な先代の寵愛《ちょうあい》に対する、小物たちの嫉妬《しっと》と反動ということだろう。

その程度のことで、すぐに徳川家歴代の菩提寺としての増上寺の地位が揺らぐことはない。しかし気を抜いてはならぬ。

祖父家康を敬愛していた家光と違い、幼君が、同じように増上寺を守《も》り立ててくれるとは限らない。

だからこのたびの参詣で、幼君のまだみずみずしい心に深く残り、今後もこの寺を訪れたいと希《こいねが》うような仕掛けを考えなければならない。

将軍の寵愛があれば、さらに多くの人々が集まり、寺は栄える。寄進や喜捨により伽藍を建てられ、各地に末寺の数を増やすことができる。

そして、さらに人々の役に立つことができる。多くの魂を救うことができる。

徳川将軍による心からの帰依は、とてつもなく重要なことなのだ。

俗な言葉でいえば、今日は、博打の勝負どころだった。

少し妙なのは、将軍御側を務めるあのうるさい中根正盛が、今回だけはひどく静かなことだ。幼君が江戸城の外に出るという、御側としてはもっとも気を遣うべき日であるのに、中根はここ数日、部下にすべてを丸投げし、まるで関心を示さない。

事前の交渉では再三にわたって邪魔をし、話を引き延ばし、この晴れの日を潰すためあれこれと工作してきたのに、その変わりようは何故なのか。

だがおかげで、貴屋の側としては物事を進めるのが楽になった。

遅れていた船も、今日の昼過ぎには江戸湾から古川《ふるかわ》を遡行《そこう》し、増上寺の裏手に到着することであろう。すでに、そのあとの手順は書状で細かく伝えてある。

声明を学んだ弟子たちは、夕刻、手筈《てはず》通りに裏口から境内に入り、美しく、幽玄な声明を歌いながら、一列になってしずしずと幼君のもとへと至るのだ。

貴屋は、得意になって塩瀬をつまんだ。

疲れたときばかりではない。嬉しいときも、安心したときも、貴屋は甘味を欲する。

もぐもぐと奥歯で饅頭を崩し、中の餡がじんわりと口中に広がる感触を楽しんだ。

頭の中を新たに血が巡り、ふと、脳裏にある考えがきざした。

「まさか……」

その恐るべき思いつきに戦慄した。あたりを見回し、人がいないことを確かめた。

「中根の奴、なにか企《たくら》んでおるのではなかろうか？」

中根は、先代家光の頃から重用され続けている能臣だ。幼君の御側となってから、特に大きな権力を手にし、空前の栄華を愉《たの》しんでいる。だが周囲にはまだ中根以上の実績と名声を持つ重臣もおり、その権力基盤は絶対のものではない。

今回、途中から物事が円滑に進むようになったのは、増上寺に好意を持つ他の重臣の誰かが、密かに力を添えてくれたものなのではないかと貴屋は考えていた。

だが、すべては思い込みに過ぎないのかもしれない。

あの傲慢で執念深い中根が、周囲の圧力程度で萎縮《いしゅく》してしまうはずはない。

そうだ。物事がいきなり、すべて順調に進みすぎている。

邪魔者が退場する。遅れていた船が間に合う。頼んでもいない護衛までがつく。

何か、ある。

何かとんでもない裏がある。

貴屋の細い腕が、もぞもぞと動いた。指が塩瀬を探しているのだ。

だが、小脇に置かれていた高坏には、何も載っていなかった。

考え事をしながら貴屋が食べつくしていたのだ。追加を命じようと思ったが、いまは一人で考えていたかった。

万事順調だ。だが、裏には必ず何かがある。

先ほどまでの安堵は、跡形もなく吹き飛んでしまっていた。

（五）

疾渡丸は真っ暗な洋上をただひたすらに駆け、三浦《みうら》半島の突端、御崎に達した。

湊には明かりも灯《とも》っているはずだが、その前を巨大な城ヶ島の黒い影が遮り、あたり一面がずんと闇に沈んでいた。

「すげえなあ。船頭、あんたをあらためて見直したぜ」

九兵衛が、感じ入ったように言った。

「闇の中、なんの手がかりもねえ。磁石はあるが、陸地が見えねえんじゃ、だいたいの方角しか指し示してくれねえ。少しでもズレたら終わりだ。ところがどうだ、島にぴたりじやねえか！」

「経験豊かな水夫長《おやじ》に腕前を認めてもらえて、船頭冥利に尽きるよ」

虎之助は、笑いながら答えた。

「だがよ、かなり当てずっぽうだ。お前さんと同じ、船乗りの勘てやつだ。今回はたまたま当たったな」

九兵衛の肩をポンと叩いて、艫《とも》に上がっていった。

水夫長はその姿を目で追ってニヤリと笑うと、振り返って、水夫たちに大声で命じた。

「さあ、待ち伏せだ。帆桁《ほげた》は下ろせ。弥帆だけ立てろ。あの島陰に入るぞ……それから、武具の縄を解いとけ。使いたくはねえが、念のためだ」

すると、仁平が九兵衛の前にやって来た。

「われわれ公儀隠密が四人、鬼丸《おにまる》、笹丸、儀助それに三木助、鄭賢《ていけん》、おぬしと船頭。ぜんぶ合わせると十一人か。見た目だけなら、なかなかの迫力だな」

「ま、鬼丸よりあとはぜんぶ戦の素人《しろうと》ですがね。槍をそれらしく構えているくらいが関の山ですよ」

「ただ立ってるだけでも、立派な働きだ。敵に見抜かれなければな。特に鬼丸と笹丸のでかさは、敵を威圧するのに役に立つ」

「鉄兵と鳩飼いさんは、船底にいてもらうことにしましたよ」

「ああ、それがいいな。子供に、醜い斬り合いを見せるのはごめんだ。それと、敵船に斬り込むのは、それなりに心得のある私たち四人だけだ。お前たち水夫は残れよ」

「もちろん、そうしますよ」

「相手が素直に降参でもすりゃあ別だが、今度という今度は、たぶん本当に血の雨が降る」

「あんたさんの剣の腕前は、下田で目の当たりにしましたよ。無我夢中で鉄兵に覆いかぶさった俺の眼《まなこ》のすぐ上で、あんたの短い刀が、ぶるぶる震えながらあっちの太刀の鋒《きっさき》を止めてた。命の恩人だ」

「私だって無我夢中だった。特に恩に感じてもらうことはない。いや、迷惑だからやめてくれ」

「わかりましたよ。だが、礼は言っとくぜ」

仁平は、黙ってうなずいた。

「ところであんた、去年は別の件で大活躍だったらしいね。あの由井正雪の一党を、ふんじばったんだろ？」

「その手伝いならば、した」

「功を誇らないのか。武士の鑑《かがみ》だね」

仁平は何も言わなかったが、九兵衛はさらに尋ねた。

「そんな大功を立てておきながら、あんた、なんで船なんかに乗ってるんだ？　武士として出世して、好きな仕事を選べたろうに」

「これが、私の選んだ好きな仕事なんだよ」

「船に乗ることがかい？」

「陸《おか》では色々と嫌な思いをしてな。しばらく、波に揺られていたいと思った。ひとりだけでそうしたいと思ったんだが、あの二人がついてきた」

「三太郎《さんたろう》と蝶介《ちょうすけ》か。どんな奴らなのか、俺には分からねえ。なにしろ、まだ面と向かって話したことがねえからな」

「二人とも無口だが、水夫としてはそこそこ使えるだろ。それで、旧知の虎之助に相談した。するといつの間にかこんな船ができあがっていた」

「最後、ずいぶんと話を端折《はしょ》りなさったね。まあ、いいや。あんたも、船頭同様の変わり者だってことはわかったよ」

「私に言わせれば、この船に乗ってるのはどいつもこいつも無鉄砲な大馬鹿で、ろくでもない変わり者ばかりだ」

「陸では、とても生きられねえようなね」

九兵衛が付け足し、仁平は口の端でかすかに笑った。

「ああ、言えてるな。要は、みんな似たもの同士なんだよ」

基吉と蝶介は荒磯《あらいそ》をつたって島に上がり、いまは断崖を斜めによじ登っている。

島の高台の上から遥か彼方の闇を透かし、やって来る船の様子を探っているのだ。

やがて崖の上に達し、二人は準備が整ったとの合図をしてきた。

疾渡丸はぎりぎりまで島に接近し、鋭く切り立った絶壁の陰へ隠れた。


何層にも重なり合った分厚い雲が、上空の月や星の明かりをすべて覆い隠していた。

広がるものは、ただ一面の闇。しかしよく目を凝らせば、相模灘のうねる水面《みなも》と、たち騒ぐ白波とが見える。

海を裂いて、衝立《ついたて》のような漆黒の影が東側に立ち塞がっているのがわかる。三浦の陸地だ。

その前を、二条のかすかな白い航跡が伸びていく。それは荒崎《あらさき》岬や黒崎《くろさき》の鼻の前で、危険を避けるようにたどたどしく沖合に向けふくらみ、やがて元に戻る。

陸地に沿って二艘の船が進んでいるのだ。大きな帆の陰から、たまにちらちらと明かりが見えた。

「さあ、おいでなすったぞ。まだ二艘のままだ」

虎之助は、絶壁の上から二人の隠密が合図をしてきたのを見て、水夫たちに号令した。

「さあ、ぬかるなよ。奴らはおそらく島の南側を回ってくるからな。出し抜けに舳先をぶつけて、驚かせてやるんだ」

ほどなく、崖の上から蝶介が降りてきた。そのまま黒い海を泳いで疾渡丸に戻ってきた。

「基吉はどうした？」

「動きをぎりぎりまで見極めてから降りるそうだ。もし南側でなく島の北を来たら、逆にケツを突き上げられるのはこちらだからな」


吉祥丸と義天丸の二艘は、三浦の突端にある御崎湊の明かりを遠望し、城ヶ島の獣の角のような岸壁にひるんでいるかのように行きつ戻りつしている。

やがて南側、城ヶ島の外側を回って江戸湾へ進入しようと、二艘はふたたびゆっくりと前進を始めた。そのとき吉祥丸から小さな伝馬船《てんません》が降ろされ、義天丸めがけて漕《こ》ぎ寄せていった。

江戸湾へ入るには、城ヶ島南面の荒磯に打ち寄せる波の間をぬって進み、安房埼《あわさき》を過ぎて、剱崎《つるぎざき》に向け丑寅へ回頭しなければならない。

二艘が安房埼を航過すると、断崖の裏側からぬっと大きな船影が現れ、急速に転舵して二艘のあいだに突っ込んできた。

動きは鋭かった。

義天丸はあわてて右に回頭し、沖合へ逃げようとしたが、疾渡丸は先回りし、その進路を塞いだ。

吉祥丸は進路を変えず、なおも卯（東）の方向へ直進を続けている。並進していた二艘は、舳先の向きがばらばらになっている。

義天丸は疾渡丸に遮られたと見るやすぐに大きな円を描いて、逆方向に再び回頭をはじめた。

その隙をついて、疾渡丸は吉祥丸に横付けしようと接近したが、大きな波が打ち寄せてきて邪魔をした。あろうことか、波に煽《あお》られた勢いで、吉祥丸はふらりと向きを変え、遠く三浦の岸辺のほうへ進みはじめた。

「船頭、ありゃ、おかしいぜ」

九兵衛が虎之助に言う。

「前に進もうとしてねえ。もしかしたら……」

「遅かったか、気の毒に。ならば、まずはあっちをなんとかしてから戻って来よう」

虎之助は答えると、義天丸を追うよう皆に指示を飛ばした。

「いったん半帆《はんぽ》。波に乗れ。そのまま、宜候《ようそろー》」

「よし、風が来たぞ、急ぎ全展帆。五つで縛れ！　取舵！」

疾渡丸の乗組員たちはそのつど大声で復唱しながら指示を忠実に守り、確実に船の次の進路を決めていく。その一致団結した動きで、船は一頭の獰猛《どうもう》な獣のように海を回り、奔り、獲物を待ち構えた。

二艘の船は、互いに無言のまま暗い海の上を近づき、遠のき、互いに複雑な円を描いて動きまわった。優位に立っているのは疾渡丸のほうだ。

鮮やかな丸囲い十字紋を描いた帆がいっぱいに風をはらみ、鋭い動きで先回りする。

くんずほぐれつの状態で、二艘はいつしか城ヶ島を離れ、南面の洋上へとまろび出た。

「明らかに、こちらから逃げようとしている」

仁平が言った。虎之助はうなずいた。

「ああ、そうだな。止まれと言って止まってくれる相手じゃなさそうだ。やるぜ」

やがて、疾渡丸との勝負に根負けした義天丸が、つい船の横腹を晒した。

虎之助はすかさず突進を命じた。

素早く帆の向きを変えて風力を最大限に受けた疾渡丸は、尖《とが》った水押《みおし》から勢いよく義天丸の左舷にぶつかった。固い樫材《かしざい》でできた突端は横腹にくいこみ、垣立を破壊し、砕けた木切れが宙に舞った。

義天丸の船尾に取り付けられていた外艫《そとども》が、海に落ちた。

衝撃を受けた大きな船体はぶるりと震え、よろめくように疾渡丸の突撃から逃れていった。

敵船を破壊したことで、疾渡丸の上で歓声が上がった。船上にいた水夫たちが飛び上がり、矢倉の中で大轆轤《おおろくろ》を回していた者たちも拳を突き上げて雄叫《おたけ》びをあげた。なぜか鉄兵もその中にいた。

こちら側の損傷は、水押の前に垂れ下がっている下がり（装飾用の房）が落ちたくらいのものだ。不吉といえば不吉だが、船は全く損なわれていない。

虎之助と仁平は、注意深く義天丸の様子を観察した。

夜の闇と葵紋《あおいもん》の幔幕に邪魔され、船上の様子はよく見えない。しかし、人影が忙しく走りまわっているのがわかる。

船足は落ちている。もはや、誰も操船を試みてはいないようだ。

「船を捨てようとしているのか」

仁平がつぶやいたが、虎之助は激しく首を横に振った。

「いや、まだ諦めてはいねえ。だが、船体の傷み度合いがわからねえんだろう。しばらく漂ってるはずだ」

「追い討ちをかけるか？」

「もう一発、ぶちかましてやりてえところだが、やり過ぎて沈めちまうわけにもいかねえ。乗り込んで奴らを残らずふんじばるのが俺たちの仕事だ。さっきの一撃で船足はずいぶんと落ちるはず、いつでも乗り込める。だから、その前に」

彼方に見える吉祥丸の船影に目をやり、続ける。

「まず吉祥丸に横付けする。手遅れでなきゃ、声明師たちを救い出す。中に賊が残ってるかもしれねえ。仁平、おめえさんの出番だ」

「承知した」

虎之助は、水夫たちのほうへ大声で指示した。

「急ぎ転舵。まわり込んで、吉祥丸に乗り込む」

すかさず三木助が大声でかぶせた。

「殺生よりも先に、まずは坊さんたちを救わにゃ。でねえと、俺たちみんな地獄に落ちるぜ」

笑いが起こり、儀助の減らず口が聞こえた。

「あの吉祥様を助けりゃ、どえれえご利益があるぞ。きっと次の湊じゃ、別嬪《べっぴん》にモテてモテて、いい思いができるわい！」

水夫たちは一斉に沸き返った。

甲板に出てきた笹丸が、面白くなさそうな声を出した。

「おめえたち、あたいと同じ船に乗ってるのを、忘れてるんじゃねえか？」

すかさず儀助が、

「おお、ありがてえ、ありがてえ！　我らが疾渡丸を守る勇ましい毘沙門天《びしゃもんてん》さまの御成だ！　こりゃあ、大したご利益だ」

と返した。船じゅうが笑いに包まれた。

髪を振り乱した笹丸は、拳で小癪《こしゃく》な儀助を小突く構えを取った後、笑って綱を摑《つか》み、終始無口な鬼丸と共に手際よく帆の角度をつけ変えた。

（六）

疾渡丸は南から大きく回り込み、彼方をふらつく吉祥丸に近づいた。

その小さな二形船は、舳先を揺らしながら前進していたが、速度は徐々に落ちてきていた。どちらに進んで良いのかわからず、迷っているように見えた。

夜目のきく三木助が素早く帆柱に登り、吉祥丸の船上の様子を伝えてきた。

「甲板にはよっつ、いつつ……ええと、七人見える。ああ、ひでえぞ、皆殺しだ」

「動く者は見えないか？」

虎之助は、帆の上にいる三木助に向かって叫んだ。

「いや、よくわかりやせん！　甲板には七人倒れてる。船内にまだ居そうだ」

「よし、このまま並んで進め、仁平、少しだけ舵《かじ》をもどせ。軽くぶつけるぞ」

吉祥丸の船尾から近づいた疾渡丸は、そのまま舷を擦らせるように接して、相手の船体をぐいと押した。

いっせいに水夫たちが吉祥丸の垣立を摑み、縄を固く疾渡丸に結びつけた。

すかさず、隠密四人が乗り移り、船内のあちこちを調べ始めた。

虎之助は待っている間も首をめぐらし、さきほど義天丸に向かっていった伝馬船の様子を確かめた。まだ波に上下し、ほど近い所にいる。どうやら必死に義天丸の姿を探しているようだ。

その義天丸の姿は、どこにも見えない。伝馬船はやむなく、陸地の方向を目掛けて動き出した。

やがて、吉祥丸の甲板に基吉の姿が見えた。基吉は大声で告げる。

「声明師はみな斬られているが、数名だけ息がある。いま介抱している！」

「助かりそうですかい？」

「わからぬ。深手だ。いったんそちらに移すぞ。船底に内側から大穴を開けておるから、いずれこの船は沈む」

虎之助は綱を叩いて悔しがった。

「ちっ、思い切ったことをやりやがった！」


夜が明け、しらじらとした光があたりを包んだ。

「義天丸は北に去りました。もう襲ってくることはねえでしょう」

九兵衛が冷静に虎之助に告げる。

大きく傾斜しはじめた吉祥丸の甲板に、僧形の男を抱えた三太郎と蝶介が上がってきた。

「中でまだ何人か息があるが、重傷だ。誰かこっちに来てくれ」

「よし、あたし行く。医術の心得あるよ」

鄭賢がすかさず名乗り出た。あとには儀助も続いた。

「早くしねえと巻き込まれるぞ」

九兵衛がつぶやいた。吉祥丸は完全に斜めになってしまっている。浸水が止まらないのだ。このままだと沈没し、下手をすると疾渡丸も傾き、水を被《かぶ》ってしまう。

移乗した二人は、甲板を滑り落ちないように、辛《かろ》うじて船底に下りていく。

そのさまを眺めながら、九兵衛が虎之助をつつき、小声で言った。

「船頭。ちょいとばかし、気になることがあるんですがね」

「なんだい、ひそひそ話なんて、お前さんらしくもねえじゃねえか」

「なんだか妙だと思いやせんか？　賊徒どもは、なんだかあらかじめこっちの動きを知ってたみたいな気がしますぜ」

「というと？」

「相模灘じゃずっと、あの二艘は並んで地乗りをしてた。さっきあんたも言ったが、真《ま》っ直《す》ぐじゃない。海岸に沿って膨らみながら進むんだ。だから、そのときはまだ絶対に、吉祥丸には生きた人間が乗って、きちんと操船してたはずだ」

「そうだろうな。それがどうした？」

「ところが、今、もう吉祥丸には誰もいなかった。乗ってたのは死人と、死にかけてる坊さんだけだ。賊徒どもは、いつ坊さんたちを斬って、船から逃げ出したんですかね」

「真っ直ぐに進むだけになったところだろうな。城ヶ島の目前だ」

「そうさ。でも、聖《ひじり》をまとめて殺《や》るなんていう手のかかる悪事を、わざわざ、そういう場所でやるものかね？　目の前には城ヶ島の岩壁と荒磯だぜ。坊さんたちが騒ぎ立て、取っ組み合いになったら操帆どこじゃなくなる。しかも御崎湊のすぐ近く。まさか湊から見られやしねえだろうが、小さな漁船が夜通し漁をしてるなんてこともあり得る。何か、おかしいんだよ。それに」

「なんだよ」

「船底の穴さ。普通なら、坊さんを殺って、ただそのまま船を捨てりゃいいところを、わざわざ手間をかけて船底に大穴を開けた」

「それはたしかに妙だな」

「なにか理由があるんじゃねえですかね？」

「理由だって？」

「そう……わざわざ船に穴を開けて、適当に何人か生き残りを横たえておく。そうすりゃこちらとしては、ほっとくわけにいかねえ。沈む前に助けなきゃならなくなるだろ？　その間、俺たちは義天丸を追えないんだ。要は、足止めするつもりで、逆に俺たちは足止めされたんですよ」

「義天丸の賊徒たちが、わずかな間にそこまで考えたのか。いや、それ以前に、奴らは俺たちがここに居るのを知ってたってことにならないか？」

「おかしいのはまさにそこですよ。でも説明はつくぜ。たとえば、城ヶ島の目前で、誰かから、この先で待ち伏せされてるぜ、と教えられたとか」

「おめえさん、いったい何を言ってるんだよ。誰が奴らに、俺たちがいることを教えられるってんだ」

「一人、いるぜ」

「なに？」

「その時分に、誰もいない城ヶ島の断崖の上に、ひとりで登ってた奴がいらあ」

「基吉のことか？　いや、たしか蝶介も一緒だったぞ」

「蝶介は先に降りてきました。基吉だけが上に残って、しばらく帰って来なかったんだ」

「だが、最後には帰ってきただろ」

「ええ。本当にぎりぎりでね。俺は密かに腹を立ててたから、よく覚えてるんだ」

「じゃあ、奴が上に一人でいたわずかな間に、はるか彼方の二艘の船へ、こちらの所在を教えたってのかよ」

「そうです。手早く火を起こして、そこらに落ちてる木切れを松明《たいまつ》にでもすりゃあ、相手からだって見えらあ」

「基吉が、叛徒と通じてると言うのか？」

「そこまではわからねえですよ。だが、なんだか奴は怪しい。そんな気がしませんか」

「待ってくれ。そもそもこの話を持ってきたのは、紛れもないあの基吉なんだぜ。野郎があの二艘を追えと言ったんだ。それをてめえが邪魔してどうすんだよ」

「わかりません。あっしは疑《うたぐ》り深いが、たいしておつむは良くねえんでね。だが、臭いんですよ」

「なるほどな。よし、わかった。本当に信用できる野郎なのか、あとで仁平に聞いてみよう。それまで、今の話は自分の胸にしまっておけよ」

「へい。がってんでさ」

（七）

結局、救出作業が終わるまでにたっぷり小半刻を要した。

はあはあと息をつく儀助と鄭賢、それに意識を失った僧侶が二人。四人の隠密たちが、危険を冒してこの二人を担ぎ上げた。垣立越しにみんなが手を伸ばし、疾渡丸へと移した。

「よし。縄を切れ。早くしろ、今にも転覆するぞ」

九兵衛が指示した。もう、結び目を解いている暇はない。儀助と鬼丸が手斧《ちょうな》を持ち出し、ガン、ガンと振り下ろして、綱を切っていった。

最後の一本が切断されると、そのはずみで二形船はくるりとひっくり返り、大きな波を蹴立てて転覆した。右方の船底に大きな穴が開いていた。

疾渡丸は大急ぎでその場を離れた。ほどなく吉祥丸は船尾から水に浸かり、まるで海の魔物に引き摺りこまれるように沈没していった。

鄭賢は、まだ船内には八名の遺骸《いがい》が残っていると言い、甲板にいた全員が合掌した。海面には、渦だけが残っていた。

「次の仕事だ。あの船を追うぞ。どこまでも追って、殺された奴らの仇《かたき》を取るぞ！」

大声で虎之助が下知した。水夫たちはみな、オウと叫びながら拳を突き上げた。

「鉄兵、船底に下りて鄭賢を手伝え。それから鳩飼いの二人を呼んでこい。儀助は船が傷んでねえか見て回れ。三木助、帆柱に上がれ」

入れ替わりに、鳩飼いの姉妹が甲板に上がってきた。

「大丈夫かい？　船底じゃ怖い思いをしたろ。あたいも忙しくて、様子を見に行けなかったんだ。ごめんよ」

笹丸が、かすれた声で二人を労《いたわ》った。姉妹は青い顔をしていたが、必死に首を振って気丈なところを見せた。

「早速だが、つなぎの鳩を放ちたい。重要な要件だ、確実に江戸に到達させたい。ここからどのくらいで飛んでいける？」

虎之助が気忙しく尋ねる。

「はっきりしませんが、おそらく半刻（一時間）以内に着くでしょう」

双子の姉妹の姉、綾《あや》が答えた。

「しかし、空には敵も多いのです。鷹《たか》や鳶《とび》や、いろいろな猛禽《もうきん》たち。それに、江戸に着いても、あちらのお役人が見落とすこともあります。どのくらいで要件を伝えられるかどうかは、わかりません」

「わかった。今すぐ文を書く。もっとも優れた三羽の足に縛って、放ってくれ」

「かしこまりました。しかし」

妹の翠《みどり》が、もじもじしながら言いかけた。

「どうしたんだい？」

笹丸が、翠を助けるようにやさしく聞いた。

「文は、書く前にあらかじめ内符牒《うちふちょう》（暗号）に致しませんと」

「ああ、そうだった。迷い鳩が出たとき誰が拾うかわからねえから、読めねえようにしないとならない決まりだったな」

虎之助はしばらく天を仰いだが、すぐに意を決した。

「だがなお嬢ちゃん、天下の一大事だ。今度ばかりは端折ることにするぜ。受け取った幕府の役人がどんなに頓痴気《とんちき》な野郎でもきびきび動くよう、この俺が、わかりやすく書いてやる。待っててくれ」

疾渡丸は北方に転舵し、やがて風に乗って驀進《ばくしん》をはじめた。

先ほど他船と激しくぶつかったにもかかわらず、舳先の水押がわずかにへこみ、下がりが脱落した以外、船体には何の損傷もなかった。

「まったく、大した船ですぜ。ものすげえ頑丈さだ。なんだか、あんたのお父つぁんの魂がこもっているようだぜ」

あちこち点検してまわった儀助は、舳先で虎之助と並んで腕組みをしながら、感じいったようにつぶやいた。

「あの大嵐を喰《く》らい、鹿島灘《かしまなだ》に突っ込み、そのあと相模灘からこうして江戸湾へ。あちこち容赦なく引っ張り回してきたってのに、まだどこにもガタが来てねえ。こんな船、見たことねえよ」

「義天丸に勝てそうか？」

　虎之助は尋ねた。

「ああ、絶対に勝てます。向こうもけっこうな手練《てだ》れが操船してるようですが、疾渡丸にはかなわねえ。何度でもケツにぶちかましてやれまさあ」

「まずは追いついてからだな。そろそろ岬を越える。もしかしたら、じきに船影が見えるかもしれねえ」

　虎之助は船の右手を見つめた。房州から延びる富津《ふっつ》の岬が、その長い黒々とした姿を見せている。

　やがて儀助は艫のほうへ去り、仁平がやってきた。

「私に聞きたいことがあるそうだな」

「ああ。さっき九兵衛と話してたんだ。あの佐塚基吉という公儀隠密だが、ありゃ、信用できるのか？」

「いつもながら端的に聞くな。信用できるか、とはどういう意味だ？」

「さっきの二艘の件だよ。なんだか、あらかじめ俺たちの待ち伏せに気づいてるようだった。九兵衛が言うにゃ、城ヶ島の崖の上で、誰かが松明でも焚《た》いて奴らに見せつけりゃ、急いで坊主を斬り、船に穴を開けて俺たちを逆に足止めしようとするんじゃねえかと言うんだ」

「疾渡丸を出航させた張本人である基吉が、今度はその疾渡丸を、海の上で足止めしようとしてるって言うのか？」

「ああ。妙な話だとは俺も思う。だが、なんだか奴は腹の底が知れねえ野郎だぜ。疾渡丸は、幕府のために命を張っている。もちろん危険は承知の上だが、もしなにか俺たちの知らねえ裏があるんなら、教えておいて欲しいものだな」

「私は、本当に何も知らない。今度の謀叛《むほん》のことも、おまえさんと全く同じ時に、同じところで知ったんだ」

「お前さんが、前の謀叛の取調べに嫌気が差して海に出たのは分かってる。だから、今さら敢《あ》えて昔の仲間と交わったりはしねえよな。だが野郎とは知り合いなんだろ？　お前は以前、信用して付き合ってたのか」

「ああ。基吉は信用に値する。優秀な隠密であり、立派な幕臣だ。この世で私が信頼する、ほんの数人の中の一人だ」

「密かに、幕府に刃向かうような真似はしねえんだな」

「奴に限って、それはあり得ない。人としての性質《たち》もそうだが、奴は、幕府のある要人に今でも絶対の忠誠を誓っているんだ」

「じゃ、その要人てのはどうなんだよ？　実はそいつが、今回の叛乱の黒幕だったなんてことは無《ね》えのか？」

「話が、どうも突飛だな」

「俺は、この船に乗り組んでる全員の命に責任を持ってる。突飛だろうと鳶《とんび》だろうと、幕府からの指示を持ってきたあいつが本当に信用できる奴なのかどうか、俺はぜひ知っておかなくちゃいけねえんだ」

＊

鉄兵は疾渡丸の船底で、鄭賢と一緒に深手を負った僧侶たちの手当てをしていた。鳩飼いの姉妹も、水を汲んできたり、汗を拭いたりと二人をかいがいしく手伝った。檻《おり》の中の鳩たちが、首をすくめ餌《えさ》をつつきながらときどき不思議そうに人間たちを眺めていた。

「申し訳ありません、申し訳ありません。貴屋さま、期日までに着くこと叶わず」

若い僧侶の一人が、うわごとのように繰り返した。もうひとり、中年の僧侶も生きてはいるが意識はなく、息がだんだんと浅くなっているのがわかった。

鉄兵は水で湿らせた布を額《ひたい》にあて、

「しっかりしてください。もうじき江戸に着きますよ」

などと言いながら懸命に介抱していた。

若い僧は少し落ち着いたのか、はあはあと息を継ぎながら、恐ろしい体験をきれぎれに語った。

「私たちは、芝増上寺の僧侶です。私は、礫念《れきねん》と申します」

「増上寺さんですね。とっても大きなお寺さんなんですよね。そこのお坊さんたちがなぜこんな目に……」

「賊に襲われました。本日、増上寺で密かに将軍様の御成があるのです。わたくしたちは、そこで声明を披露する手筈でした。このままでは、将軍様があぶない。はやく、はやく賊を止めてください。増上寺に行かせてはいけない」

「大丈夫ですよ。この船には、公儀隠密のみなさんが乗っています。船頭も水夫もすごい人たちです。さっきも、あなたがたを拐かした船に体当たりしてやったんです。すぐに追いつきますよ。だから安心してください」

鉄兵は、必死に礫念を落ち着かせようとした。礫念は、ふっと息をついて気を失った。

だが、またすぐにうわごとを言い始めた。

「貴屋さま、貴屋さま、申し訳ございません」

「貴屋さま、って誰のことですか」

鉄兵は聞いたが、聞こえていないようだった。

「貴屋さま、拙僧はむざむざとみなを死なせてしまいました。ご期待に添えず本当に申し訳ありません、貴屋さま、貴屋さま……」

鉄兵は礫念をそっと休ませ、目を上げた。

鄭賢が、日頃とは全く違う鋭い声で鉄兵に言った。

「手は尽くしたけれど、あっちの人はもうだめよ。この人も危ないね。残念だけど、あたしには無理よ。かわいそうに」

（八）

長い夜が明け、彼方から小鳥のさえずりが聞こえてきた。

一晩中まんじりともせずに過ごした貴屋は、長い睫毛をしばたたかせ、盆に載せた茶をひとくち啜《すす》ると、大きく背伸びをした。

天候は穏やかで、秋の涼やかな空気が座敷を満たしている。悪天候となれば将軍の御成は中止となり、江戸城内の紅葉山霊廟《もみじやまれいびょう》への参詣に代えられてしまう危険があったが、今日はその心配はいらない。心配事はもっぱら、吉祥丸のことだけである。もしかしたら既に海からあがり、古川を遡行し始めているのかもしれない。いずれ到着の報が届くはずだ。

もうすぐ江戸城から役人がやってきて、式次第の確認が行われる。

本日、将軍を案内する順路を歩き、曲者《くせもの》が潜んでいられそうな場所に見当をつけておく。将軍が足を踏み入れるありとあらゆる場所をあらかじめ検分し、出される食事についても細目を書き留める。

大勝負のはじまりだ。

なんとしても幼君を驚かせ、増上寺に対し特別な印象を持ってもらえるようにしなければならない。これから役人を案内するのとは、全く別の仕掛けを用いて。

そう考えたところで、貴屋は突然、頭の芯がぼうっとなる感覚に襲われた。疲れが回ってきたのかもしれない。

「塩瀬だ。塩瀬だ」

今の自分に足りないのは、甘味だ。

菓子の糖の甘みを身体にまわし、力をつけなければならない。

しかし、そこに塩瀬はなかった。

お付きの小坊主もいない。手を叩いて呼びつけようとしたが、思いとどまった。まだ早朝だ。

仕方なく、まだいくつか残っていた有平糖を、何個かまとめて口に放り込んだ。薄く延ばされた皮をがりがりと噛み砕いていると、まだ幼かった時分のことを思い出す。

花の蜜、皆の笑顔、輝く太陽……

突然、貴屋は悟った。

自分の求めているのが、いま見えていた過去の思い出なのだということを。常に甘みを求めるのも、この老いさらばえ、疲れた身体に力をつけるためではない。

懐かしい、この風景に出会うためなのだ。このしばしの追憶に浸るためなのだ。

名刹《めいさつ》の最高位にありながら、日頃、世事にうつつを抜かし、自らの心を顧みる暇がなかった。

名刹としての格式を保ち、徳川家の菩提寺という、近年確立されたばかりでまだ盤石とはいえない地位を無事に保つ。将軍位継承や側近の入れ替わりなどで頻繁に変化する政治状況に対処し、たとえば中根のような得体のしれぬ怪物とも対峙する。これが、貴屋の仕事だった。

これまで貴屋はただその役割を果たすことばかりを考えてきた。そうやって増上寺を守ることが、数多くの檀家《だんか》や信徒たちを守ることにもつながる。七十年前の一向宗、つい十数年前の耶蘇《やそ》。政治権力と衝突した宗教勢力の運命は、どれも悲惨だった。だから平和な信仰の世界を守るには、地上の権力とうまく折り合いをつけていかねばならない。そのために、働き続けなければならない。

だが、それは間違いだったのかもしれない。多くの人の信仰を守る立場の者として、やるべきことは、もしかしたらまだ他にあるのかもしれない。

貴屋は有平糖を翫《かじ》り続けた。あのひたすらに純粋で美しい過去を思い出し続けた。

すると、検分使の到着が報告された。貴屋はハッと我に返り、身支度を整えて方丈へ向かった。

検分使として待ち受けていたのは、他ならぬ怪物、中根壱岐守正盛その人だった。

中根は上座から、平伏する貴屋の背中をねめまわすようにして、

「面《おもて》を上げられよ」

と、表面上は丁寧に言った。

「なんと、中根様御自らのお出ましとは。お迎えのご用意もできず、誠に申し訳ございま

せぬ」

「なに、お気になさるな。これは儂の思いつきでな。ただ将軍御側として、幼君が御城の外に出られる以上、万が一にでも失態があってはならぬと考えたのだ」

「誠に結構なお心掛けでございます」

「日頃から用意周到な御坊のことだ。何も不都合はあるまいが。あらかじめ、儂自ら検分して回りたい。差し支えござらんな？」

「もちろんのことでございます」

貴屋はまた平伏した。

「おおよその流れを説明せよ」

「公方様は本日、午《うま》の刻に当院へご来駕《らいが》あそばされると漏れ聞いております。まずは中食《ちゅうじき》をおとりいただき、御装束所にて御束帯にお召し替えいただきます。あとは御長柄《おながえ》（駕籠《かご》）にて崇源院様の御霊殿にご参詣いただきます。もしご希望あらば、御廟所や御仏殿にも。すべてに備え、万端の手配りを終えてございます」

「うむ。その後はどうなっておる？」

「いったん御装束所にて再度お召し替え。時刻次第で御膳をお召し上がりいただくか、あるいは茶菓にてお寛《くつろ》ぎいただきます。そのあと、方丈にて勿体《もったい》なくも拙僧ともご対面いただき、お言葉を賜《たまわ》ることになるかと」

「うむ。お言葉とともに、きっと破格の下賜《かし》があるであろうな」

中根はにたりと笑った。いつものことながら、嫌な笑いだった。

「誠に勿体なきこと。当院といたしましては、法会《ほうえ》料のみ頂戴できればじゅうぶんでございますゆえ」

貴屋は、いっそう深々と頭を下げた。

「ところで」

中根は、さりげなく切り出した。

「わしのほうでも、漏れ聞いておることがあってな」

「なんでございましょうか？」

貴屋は生つばを呑み込み、答えた。

「どうも、その茶菓のもてなしとやらのあとに、何か別の趣向が用意されておるとか」

中根は、やはり想像以上の化け物だった。貴屋がひとり胸にしまい、増上寺の僧たちのあいだにも秘していたことを、この男は知っているのだ。

「いや、儂の間違いであれば許されよ。だが、もしそれが本当のことであるなら」

中根は黙り、じっと貴屋を見た。

愕然《がくぜん》とした貴屋は、何も言えずにそのまま視線を畳に落としてしまった。目を見ずとも、あのねめまわすような嫌らしい目つきで、中根が貴屋のぶるぶる震える様子をうかがっているのを感じる。

「儂も手伝おう」

貴屋は驚いて顔を跳ね上げた。

中根は、これまでに見たこともない朗らかな笑顔を浮かべていた。

「いや、有り体に言おう。御坊の思いつきはよいのだが、やり方がよくない。事前の打ち合わせにないことをいきなり始めて驚かせようというのは、幼君はお喜びになるかもしれぬが、そのまわりにいる者たちの面目が丸潰れだ」

「お、おそれ多きことでございます」

「われらは、立場こそ違えど、ともに幼君を助け、徳川の弥栄《いやさか》を図り、万民のため天下を静謐に保つのが役目じゃ」

「仰せのとおりにございます」

「ゆえに、あらかじめ教えておいて欲しかった。儂から言いたいのはそれじゃ」

「はっ」

「だが、御坊が得心してくれたのであれば、それでよい。儂は咎めはしない」

「誠にありがたきことにございます」

「歩き声明と言ったか」

そこまで知っておったのか。貴屋は、啞然とした。

「儂も見たことはないのだが、京では盛んに行われているそうな。かつては一向宗や耶蘇教などで、信徒が皆で歌い、踊るような趣向が取り入れられ、栄えていたそうじゃ。もっとも、その後そうした宗門は力を持ち過ぎて反抗的になり、織田右府《うふ》（信長）や権現様（家康）によって徹底的に潰された」

中根は鋭い視線を投げてきた。貴屋の背筋に戦慄が走る。

「だが声明は、信徒を巻き込まない。声明師としての鍛錬をした僧が歌い、鉦を叩いてあちこち歩きまわるだけのことだ。この程度なら何も問題はない。儂も、眠気を誘う読経をずっと聞かされるより、よい」

はっはっは、と笑った。

「そこで、御坊が抱えておった声明師を案内するため、警固の船を送った」

早馬で伝わってきた謎の警固船は、やはり中根が送り込んだものだったのか。貴屋は目をみはった。

「その頃からお気づきであったとは……」

「こちらも、黙っておったのは悪かったのう。船はいずれ着くであろう、心配あるまい。だが、話し合いたいのは別のことだ」

「別のこと、と申しますと？」

「御坊が、この境内でやろうとしていたことだ」

そう言って、扇で本堂の前を指した。

「対面の間に、あそこに臨時の四阿をしつらえ、茶菓を置いて幼君をもてなそうとしていたであろう」

「まさに、その通りでございます」

「幼君は驚かれるであろう。それまではなかった建物が建っておるのだからな。中には将軍であってもあまり口にされることのない珍しき菓子が置いてあり、食しているうちに日が落ちてうす暗くなり、裏門から声明師の一隊が現れる。見事な筋書きだ」

「仰る通りの計画でございました」

「とてもよい趣向じゃと思うておる。だがそれを行うのは、儂ということにせぬか？」

「何ゆえでございますか？」

「先にも言うたが、面目を潰される者の恨みじゃ。それが御坊と、ひいては増上寺の今後に祟ることになる。だがもし、儂の企みということになれば、心配はない」

「なるほど」

「もし怒る者がいたとしても、的になるのは、儂だ。そして」

「中根様に刃向かうことのできるお方は、そう多くない」

貴屋は、つい余計なことを言ってしまった。はっとして中根を見たが、本人は引き攣《つ》るような笑いを浮かべているだけだった。

「案ずるな。思いつきは良いのだ。この心尽くしの功は、あくまで御坊のものだ。増上寺から申してきた趣向だということは、あとで必ず幼君にお伝えする。だがこのあとは、儂が全てを仕切るぞ。御坊は、起こることをただ見ておられるだけでよい」

「まことおそれ多きことにございます。さすれば、拙僧でなした用意を引き継ぎなど」

「不要じゃ」

中根は、ぴしゃりと言った。

「すべて調べ上げておる。臨時の四阿をしつらえる職人たちの身柄も、その資材もすべて押さえてある。御坊のお好きな塩瀬もたっぷりと調達済みじゃ。それと、儂の方で新しい趣向も足した。そのための用意を始めておるところじゃ」

貴屋は気付き、本堂を見た。さっきからかすかに人の動きがあった。僧形の、しかし貴屋の知らぬ顔がいくつも現れた。そこに居た増上寺の僧たちを立ち退かせ、なにやら長いものを包んだ袋や、黒い縄の束を運び込んでいた。どことなく、焦げたような臭いがしてくる。

退かされた僧侶たちは、途方に暮れた顔で貴屋に目をやり、わずかに肩をすくめた。

「あれは……一体？」

「花火の準備じゃ。幼君にご満足いただくには、ただ菓子や声明だけでは足りぬ。御坊はただ見ておればよい。なにも心配はいらぬ。きっと、すべてうまくいく」

（九）

疾渡丸は、刻一刻と方角の変わる風をたくみに摑まえながら、まっしぐらに北上した。みるみるうちに根岸《ねぎし》を越え、宗閑嶋《しゅうかんじま》（のちの横浜）を越え、神奈川湊を越えた。江戸まであと少しだ。

帆柱の上方から、三木助の声が聞こえてきた。てっぺん近くに登っているので、船底からは優に十間《じっけん》（約十八メートル）の隔たりがある。

「戌亥《いぬい》（西北）の方角に船影！　おそらく義天丸です」

矢倉の中で休んでいた基吉と仁平が飛び起き、艫へと上がっていった。

虎之助、九兵衛、三太郎と蝶介が、引き締まった面持ちで待っていた。

「甲板からはまだ見えない」

虎之助が言った。

「だが間もなく追いつくだろう」

上から三木助が被せてきた。

「奴ら、船足が遅いな。どうやら俺たちのぶちかましが効いてるな。だけど何本も櫂を下ろしてる。人の力で漕いでますよ！　よほど急いでやがるんだな」

すかさず、九兵衛が大声で答えた。

「そりゃ、天下をひっくり返しに行くんだ！　大いに張り切ってるんだろうぜ」

「さて、ここからはおまえさんが船頭だ。戦だからな。存分にやってくれ。俺も水夫のひとりとして、おまえさんの指図に従う」

虎之助は仁平の肩を叩いて後ろに下がった。

「わかった。しばし船を預かる」

仁平は乗組員たちを振り返り、日頃の彼に似合わぬ大声でこう叫んだ。

「ようし、やってやるぞ！　公儀のためじゃない、殺られた坊さんたちの仇討ちだ。あの船と疾渡丸とどちらが強いか。これからサシで勝負しに行くぞ！」

「オウ！」

乗組員一同が拳を突き上げ、一斉に唱和した。

「九兵衛、轆轤を指揮しろ。虎之助、おまえは三太郎と舵だ。鬼丸、笹丸、帆の面倒を見ろ。それじゃ、いくぞ！　取舵！」

「取舵！」

疾渡丸は、巨大な舵の効きで見る間に左方に転舵した。

「戻せ！」

「戻せ！」

「宜候《よーそろー》！」

「宜候！」

疾渡丸は静かな蒼《あお》い海を引き裂き、波を蹴立てて驀進を続けた。

ぐいぐいと間を詰め、やがて蛇行する義天丸の姿を視界に収めた。

しかし、ここで思わぬ邪魔が入った。

北上する義天丸の彼方から、三艘の船影が現れたのだ。それぞれ一定の間隔を保ちながら、海上を追いかけっこする二艘の不審船を遮る進路をとった。

すると、義天丸がそのうちの一艘に漕ぎ寄せていった。

「まずいな、これは」

そのさまを見て、虎之助は吐き捨てた。

「奴ら、イチかバチかの賭けに出るぜ。本物の幕船のふりをして、叛徒の乗る不審な船に追われてるとかなんとか訴えるに違《ちげ》えねえ」

基吉も唸《うな》った。

「そうだ。密命により江戸に向かう最中、などと理由をつけてな。助太刀を頼んでるに違いない」

仁平はため息をつき、つぶやいた。

「ずいぶん面倒なことになったな」

相手は三艘。全てが幕府の警固船だ。その無駄のない機敏な動きをみれば、かなりの手練れが乗り組んでいることがわかる。

荷船ではないので、軽快で脚が速い。風が弱くても、人力による櫂漕で一気に距離を詰められる。ある程度接近したら、おそらくはふんだんに積み込んでいるであろう長銃で、こちらを撃ちすくめることもできる。

弁財船の手にはあまる、とんでもない脅威だった。

しかも三艘は独特の手旗で信号を交わしあい、相互の連携が取れていた。仁平たち公儀隠密もその信号の内容は読み取れるが、相手同士の意思疎通の妨害はできない。

三艘は大海原に適宜散開し、三方から接近してきた。

「仁平、ここは停船してみたらどうだ？　本来は味方同士なんだ、争うことはない。相手が横付けしようとしてきたら、舳先から事情を説明すればいい」

基吉が仁平に提案したが、仁平は首を横に振った。

「やめたほうがいい。奴らは捕物をしに来てるんだ。いったん止まると、三艘がぎっちり周りを固めて進めなくなるぞ。事情を説明したところで、葵紋の船をさっきまで追いかけまわしていた我らを、すぐに信用するわけがない。必ず誰何《すいか》し、こちらが嘘《うそ》を言ってないか、乗り組んで臨検しようとしてくる」

「そんなことしてるうちに、時間切れか」

虎之助が唸った。

「そういうことだ」

「疾渡丸の存在を知っている見込みはないか？」

「ないな。こちらはあくまで密命の幕船だ」

「打つ手なしか、参ったな」

その間に、警固船三艘はより距離を詰め、今では相互の乗組員の顔が識別できるくらいに近づいてきていた。

突如、ドーンと音が鳴り響いた。その禍々《まがまが》しい音は二重、三重に、大海原の上に谺《こだま》した。

空に向けて威嚇射撃をしてきたのだ。

「問答無用だな。こちらを完全に賊徒と決めてかかってる」

虎之助は諦めたような口振りで言ったが、また仁平はかぶりを振った。

船尾に立つ二人の公儀隠密のほうを振り返り、目だけでなにか意思疎通をしたようだった。

＊

鉄兵は甲板でその様子を眺めていた。

意識のなかった哀れな僧侶が死んだ。その報告をしに上がってきたのだが、周囲のものものしい光景に驚き、言葉を失って立ちすくんでいたのだ。

突然背後から肩に手を置く者がいた。

蝶介である。横には三太郎もいた。

「炊、いますぐ七輪で火を焚けるか？　大急ぎだ」

「え、はい。あの七輪を使うには、コツがいります。おいらが一番使い慣れてると思います」

「すぐに焚いて、持ってきてくれ」

三太郎が言った。鉄兵は、この二人と言葉を交わすのは船に乗って初めてだった。

慌てて火を起こし、焚き付けの杉の枯枝を焼く。ふうふう吹きながらそれを陶器の七輪に落とし、さらに上から炭を投げ入れる。

鉄兵は、即席の火種を両手で抱えて伝馬込へ運んでいった。

すると二人の隠密は、大浦番所から支給された武具の束を解いて、二張りの弓を取り出した。傍《そば》には矢が数本横たえられている。先端は尖っておらず、代わりになにか布のようなものが巻き付けてある。

七輪を置いて、不思議そうな顔をしている鉄兵に気づくと、蝶介は歯を見せて笑った。

「俺たちはちょっとした手練れでな。まあ、見てろよ」

＊

三艘の警固船は、より距離を詰めてきていた。

一艘だけは大きく回頭し、疾渡丸の背後を取ろうとしている。他の二艘は左舷と右舷からほぼ同速で近づき、疾渡丸を挟み込むつもりのようだ。両船とも、火縄に点火した銃手をびっしりと舷側に張り付かせていた。

仁平が虎之助にだけ聞こえるよう、そっとつぶやいた。

「ほんのいっときだけ幕府に逆らうぞ。俺たちは、謀叛人になる」

言うと、配下の隠密二人に、やにわに合図した。

伝馬込は警固船の舷側より一段低い位置にあるため、まだ相手から死角になっている。そこから、二条の煙が伸びた。三太郎と蝶介が、それぞれ一本ずつ火矢を放ったのだ。矢はしゅるしゅると音を立ててまっすぐに伸び、左右の幕船の帆へ同時に命中した。

幕船に恐慌が起こった。

「火矢だ！　すぐに消せ」

あちこちでそう叫ぶ声が聞こえた。仁平はすかさず叫ぶ。

「みんな伏せろ、這《は》いつくばれ！」

疾渡丸の乗組員は号令への反応が速い。九兵衛を中心とした徹底的な鍛錬の賜物だ。

仁平の予想通り、すかさず長銃の一斉射撃が来た。

疾渡丸は何本もの火線に夾叉《きょうさ》されたが、誰一人傷つく者はいなかった。

一斉射撃が終わり、銃手たちが次弾を装塡《そうてん》しようと大わらわになっている隙をついて、三太郎と蝶介は二の矢を放った。

また帆に命中する。

幕船のうちの一艘は日比谷湊から派遣されてきた新鋭船で、帆は疾渡丸同様、最新の刺子《さしこ》布である。水にも火にも強い。せっかく命中した矢は、帆の上をずるずると滑り落ち、むなしく甲板に落ちてそのまま消し止められた。

しかしもう一艘は下田湊から召し上げられた船で、従来の荷船が装備しているような筵帆《むしろほ》だった。先ほどの矢は甲板に落ちたが、二の矢は風を受けてピンと張った筵に真っ直ぐ刺さり、しばらく燃え続けた。

やがて巨大な筵帆は炎に巻かれ、次々と千切れて空に飛んでいった。

乗員たちが慌てて帆柱のたもとに集まり、次々に海水をかけて火を消し止めようとしていた。

一艘は、完全に包囲網から脱落した。

蝶介と三太郎は、ひょうと三の矢を放つ。狙いはもう一艘だ。今度はまっすぐにではなく、角度をつけた。火矢は山なりになって幕船に接近し、自然に弧を描いて落ちていく。

二本の矢は同時に甲板へ突き刺さった。一本は即座に消し止められたが、船首近くに突き立ったもう一本から弥帆に延焼し、舳先に煙が立つ。

そのとき、優秀な銃手たち数名が次弾装塡を終え、この不気味な火矢を射る者の姿を疾渡丸の船上に見つけた。めいめい狙いをつける。

舵にとりついていた仁平は、これを見るとすかさず全力で疾渡丸を回頭させて仲間の隠密二人の姿を隠し、狙撃されるのを防いだ。

死角から三太郎と蝶介が放った第四の矢には、より高い角度がつけられていた。ほぼ真上に放たれ、しばらく上空に向かって飛翔したあと、急角度で落下した。

今度は、到達まで少し間があく。

幕船の船頭は、これ以上、甲板に火がつくことを恐れた。船乗りの本能である。有無を言わさず急転舵した。

すんでのところで相手に身を躱《かわ》され、今度は二本とも命中せずに虚しく海に落ちた。

しかしそのおかげで、疾渡丸の伝馬込を狙った銃手たちは、次弾を放つことができなくなった。急旋回する船に煽られ、波飛沫に濡れるのを嫌って銃口を上げた。

二人の隠密は、声を掛け合いながら、背後から迫る最後の一艘に向かって、同時に第五の矢を射《う》ち上げた。

軌道はさっきと同じ。それぞれ高く上がり、急落下してくる。

相手の船頭は、必死の操船で一本を見事によけたが、もう一本が艫に突き立った。びいんと音を立てて撓《しな》り、周囲に火が燃え広がった。

真横の火薬箱が破裂し、爆発が起こった。水夫数名と銃手が吹き飛ばされ、海に落ちた。この船も混乱に陥り、舳先があらぬ方向を向いて、疾渡丸から遠ざかっていった。

三太郎と蝶介の放った十本の火矢の効果は絶大だった。

脅しの火矢を避けるため、包囲していた幕船はあちこちに急転舵し、鉄壁の包囲網がばらばらに崩れた。

その隙をついて、疾渡丸は敏捷《びんしょう》にあいだをすり抜け、一目散に北へ向かって疾っていった。

一艘が、怒りに任せて長銃数発を放ってきたが、弾はもちろんかすりもしない。

蝶介は、にっこり笑って鉄兵を見、肩をすくめて言った。

「あるだけの火矢を射尽くしたぜ。あぶねえとこだった」

そのとき矢倉の上では、荒事専門の臨時船頭が、本来の船頭に声をかけていた。

「あとは追いかけっこだ。船頭、船を返すぜ。すっかり足止めされちまったが、まだ望みはある。追いつけなければ、下手すりゃ本当に天下大乱だ」

「わかった。全力を尽くす」

虎之助は答え、部下に大声で号令した。

「さあ、おめえらケツ上げろ！　もう弾は飛んでこねえが、俺たちが弾よりも速くすっ飛んでかなきゃならねえんだ。北に向かって奔れ！　宜候！」

「宜候！」

船にいた全員が同時に叫び、拳を突き上げた。

（十）

将軍家綱の一行が増上寺に到着し、手順通り参詣が始まった。数十名の幕臣が列をなして続き、境内のあちこちを練り歩いた。ほうぼうに警固の武士が立ち、立木の陰や建物の裏では、目立たない服装をした男たちがひっそりと見回りをしていた。

家綱は中根に出迎えられ、まず本堂脇の方丈にて中食をとった。

将軍の食事は、日ごろから質素である。ましてやここは寺院の中だ。出された膳も、魚肉や鶏肉を避け、青大豆の呉汁《ごじる》や豆飯、豆腐、筍《たけのこ》、田楽《でんがく》など、落ち着いた味わいのものばかりだ。

それでも一汁六菜。見た目は豪勢である。

家綱は笑顔でおいしそうに中食をとり、箸を揃《そろ》えて、

「御馳走《ごちそう》になりました」

と両手を合わせた。方丈にいた全員が、音を立てて一斉に拝跪《はいき》した。

そののち束帯に着替え、長柄に乗って崇源院霊殿と前三代の将軍たちの廟所をめぐり、黒本尊にも詣でた。

事前に想定していたよりも時間がかかったが、貴屋にとってはありがたいことだった。まだ船が到着していないのだ。

中根と申し合わせ、もし船が間に合わない場合は通常の式次第で終了し、歩き声明の部分は元から無かったことにすると決まっていた。

しかし中根の介入を受けたまま、やろうとしていたことをできずに終わるのは、後に大きな禍根を残しそうであった。

事態が、思いも寄らぬ方向に動きすぎている。ただ幼君を驚かせ、喜ばせるためだけの企みが、何やら禍々しい予感となって、貴屋の胸を苛《さいな》む。それにしても、船はなぜ着かないのだ。

貴屋は生きた心地がしなかった。

やがて日が傾き、大伽藍や灯籠の影が長く伸びるようになった。境内の陰影が濃くなり、

池の水面は西日で黄金色《こがね》にきらきらと輝いた。

長い参詣が終わり、将軍が中根に先導されて御装束所に入ったという連絡が来た。

その間に貴屋ら増上寺の高僧たちは、方丈にて控えていなければならない。

もう声明はなしだ。仕方がない。

そう諦めかけた矢先、弟子の若い僧が裸足《はだし》で駆けてきた。

「船が……船が到着しました」

若い僧侶は、息も絶えだえに言った。

「まことか！　吉祥丸か」

「船名はわかりませぬが」

「乗っておったのは何名か？」

「おそらくは十二、三名かと」

「ちと、少ないな。皆、着到しておるのか？」

「皆様、恙無《つつがな》くご着到とのこと。もう余裕がないゆえ、このまま声明開始の合図を待つとのこと」

「そうか。この際、細かなことはいい。よろしく頼むと伝えてくれ」

貴屋はそのまま方丈に入って待機したが、結局、将軍家綱との対面は叶わなかった。

御装束所で束帯を脱いだ幼君は、本堂の前に見慣れぬ四阿ができているのに驚き、なみなみならぬ興味を示した。そのまま履物に足を入れ、てくてくと歩み始めた。

側に控えていた中根ら近臣が慌ててあとに続き、四阿の中に置かれた椅子についた。卓子の上に塩瀬や有平糖、椿餅などが盛られた大皿が置かれ、家綱はもの珍しそうに手にとった。御毒味役が飛んでいって、将軍から菓子を奪い取るようにして止めた。

その隙に貴屋は目で弟子に合図を送った。方丈の端に控えた弟子がうなずくと、それを軒先に控えた用人に伝える。さらに用人は走り、裏門で控える声明師たちに伝えるのだ。

先ほどから将軍の御側に控えている中根は、まだ船の到着を知るまい。奴が仕切ると言って奪い取っていった自分のもてなしを、貴屋は自らの手中に取り戻す決意を固めた。

幼君も驚くだろうが、中根はもっと驚くはずだ。もう間に合わないと思っていた声明師の列がやってくるのだ。

すっかり疲れているはずの幼君は楽しげに茶菓を楽しみ、中根らと談笑していた。遠くて会話の内容までは聞こえないが、なんら屈託のない、十二歳の少年の明るい笑顔を垣間見ることができた。

その様子を見て、貴屋の脳裏にふと、きざすものがあった。

かつて、自分もこんな笑顔で過ごしていたことがあった。それが今ではすっかり日々の激務に追われ、世事に憂き身をやつし、身を削り、神経を痛めつけ、こんな子供に阿《おもね》るような汚い真似をしている。

儂はいったい、何をしているのだろう？

これが出家して、本来、成すべきことだったのであろうか？

もちろん、当院の地位を低下させないことは重要だ。それによって関わる多くの人間の生活が成り立ち、人生が豊かになってゆく。増上寺とは直接関係ない、日の本のあちこちにいる浄土宗の信徒たちに、豊かな信仰生活を保障することができる。

しかし、いま儂がやろうとしていることは。

この純粋な笑顔の持ち主に対し、大人のつくり笑いを浮かべて、心にもない嘘をつくことだ。

たとえ大きな目的があるとはいえ、これは、恥ずべきことだ。御仏《みほとけ》の道に適う行いではない。儂はいったい、何をしているのだ。

貴屋は深く息を吸い込み、吐いて、肚《はら》を決めた。

もう儂は、何を得られなくてもよい。

ただあの子が、これからやって来る声明師たちの詠唱を楽しみ、明るい素直な笑顔をあたりに振りまいてくれればよい。そうすれば、儂は救われる。そしてきっと、天下の万民も救われる。そうに違いない。

貴屋は、法主に就任して以降、一度も味わったことのない満足感と安堵を感じた。これでよい。これでよいのだ。

やがて日が落ち、篝《かがり》に火が入れられた。

よほど楽しいのか、幼君はまだ四阿から去ろうという気配を見せない。

側近たちはそわそわして周囲に目を配った。中根が何度か貴屋の方を見たようだが、貴屋は気づかぬふりをして視線を受け流した。

彼方から、キン、キン、という金属を叩く澄んだ音が響いてきた。

続いて、地を這うような低く重いうなり声が聞こえてくる。

「きいいいい……」

その声は、ときに長く伸び、裏返るように変化し、また戻り、さらに駆け上がって別の音のように変わっていく。「帰《き》」という、経典の中の一文字を引き伸ばして、延々と歌っているのだ。

「みょおおおう……」

続いて、「命《みょう》」である。

途中から何人もの声が重なり、音に厚みが増す。詠唱の音圧が、深閑とした境内の空気を震わせ、夜気をかき乱す。

「帰命毘盧舎那仏《きみょうびるしゃなぶつ》　香華供養仏《こうげくようぶつ》」と歌い終わったころ、声明師の隊列が伽藍の中に入ってきた。人数は十二名。全員が白一色の袈裟を着て、山吹色の頭巾をかぶり、手に手に小さな灯明や鉦を提げている。

頭巾のため顔はよく見えないが、全員の背筋がぴんと伸び、胸を張って堂々と声を出す。誰も聞いたことのないその不思議な音の塊を披露しながら、伽藍の中を回りはじめた。

重々しい詠唱の合間に、キン、キン、と高い澄んだ鉦の音が混じり、さらに声明師たちの何人かは、袖口から花びらのような細かい紙片を撒き散らした。

紙片は、篝火《かがりび》の炎を反射して黄金色に輝き、風に乗ってくるくると舞いながら、伽藍のあちこちに落ちていった。

四阿の中で幼君家綱は、目を輝かせてこの隊列を眺めていた。中根ら重臣たちも、驚いた顔をしてあたりを見回している。

遵誉貴屋は方丈の畳の上に座し、ひとりほくそ笑んでいた。

ぎりぎりで間に合った。それどころか、実にいい頃合いで中に入ってきてくれた。ちょうど日も落ちたところ。周りはすっぽりと夜の闇に閉ざされている。手に持つ灯明も、幽玄な雰囲気をかもし出して実によい。

幼君の心に、きっとなにかを灯したはずだ。

貴屋は、ほっと息をついた。

船が間に合ってくれたおかげで、いや、逆に手間取ってくれたおかげでこれだけ劇的な登場となった。

これは御仏の加護に違いない。

声明師たちは、境内をぐるぐると回りながら練り歩いた。幼君の座る四阿を囲むように、その円を徐々に縮めていった。

ふと、貴屋は違和感を覚えた。

十数名の隊列は、蛇がとぐろを巻くように四阿を取り囲んでいる。歌いながらまわりをぞろぞろと歩き、まるでその蛇が、徐々に獲物を締め上げるように幼君へと近づいていくのが見えた。

そして貴屋は、違和感の理由に思い当たった。

声明師たちの隊列は、伽藍を左回りに回っている。仏道では、これはあり得ない。釈迦《しゃか》入滅の頃からの習わしで、御仏や貴人に礼を尽くすときは、必ず右回りでなければならない。歩き声明だからといって、例外はない。

嫌な予感がきざした。

幼君は頭上から降ってくる花びらのような紙片の美しさに目を奪われている。周囲の重臣たちは怪訝《けげん》な面持ちで、円を縮めてくる声明の隊列を眺めている。

中根は……。

「いない！」

貴屋は、思わず声をあげて立ち上がった。周囲の高僧たちが驚いて後ずさった。

中根が四阿の中にいない。いつのまにか幼君の御側を離れ、姿を消している。

「どういうことだ、これは」

先ほどの予感は、確信に変わった。

なにか禍々しい事態が、自分の目の前で起きている。

（十一）

まっしぐらに大海原を駆け北上した疾渡丸は、夕暮れ近くに義天丸の姿を視認した。すでに増上寺の甍が遠くに見える所にまで近づいている。

しかし義天丸は、なぜかそこからさらに北上をはじめ、日比谷湊の方角へと進み始めた。

「さあ、追え！　義天丸を捕らえるぞ」

虎之助は号令をかけたが、仁平が止めた。

「ちょっと待て。あの動きはおかしいぞ」

「なにがおかしいんだ？」

「いったん増上寺のほうへ近づいた。なのに舳先を北に向けた」

「ふむ。船をつける場所がないんじゃねえか？」

「それなら、伝馬船を落とせばいいだろう？」

虎之助は、頭上の三木助に向かって叫んだ。

「義天丸の上に、伝馬船は見えるか？」

「いや……まだ遠くてよくは見えねえが、なにも載ってないみたいですぜ。あれはたぶん、空船だ。あたりには伝馬船も見えねえですよ」

それを聞くと、虎之助も首をひねった。

「夜明け前にぶちかましをかけた時には、たしかにあった。だが、それが無いとなると」

「我々が追いつく前に下ろしたんだ。きっと、寺の手前で海に注いでいる古川へ乗り入れたんだよ」

「その古川を遡ると……」

「増上寺の裏手だ。やられた。義天丸は私たちを引き付けるための囮《おとり》だ。賊は伝馬船に乗り込んで、もう増上寺まで来てるぞ」

　虎之助はやにわに立ち上がり、大声で叫んだ。

「進路変更、取舵いっぱい！　このまままっすぐ、岸辺を目指せ！」

　疾渡丸はほどなく、古川の河口にさしかかった。

　岸辺には、増上寺の境内に続く書院や学寮が建ち並び、そのすぐ先に裏門がある。

「間に合わなかったか、ちくしょうめ。だが、まだ諦めねえぞ」

　虎之助は言った。

　仁平と三人の公儀隠密は、水夫たちを呼び集めた。

「鬼丸、笹丸と三木助は私達とともにひたすら駆けて本堂を目指し、声明師の列を探せ。見つけたら、謀叛だ、曲者だ、と大声で呼ばわるんだ。もしかしたら斬り合いになるかもしれない、覚悟はしとけ」

　三人とも、緊張した顔でうなずいた。

「俺も行く。九兵衛と儀助は、船を守れ。まだどこに賊がひそんでいるかわからねえ」

　虎之助が続けた。

　やがて、裏門が見えてきた。その前に数艘の川舟が舫《もや》ってあるのが見え、また一艘の伝馬船が乱暴に乗り捨てられていた。

四人の公儀隠密は忍刀を摑んで、ひらりと船から飛び降り、風のように駆けていった。

身軽な三木助がすぐあとに続き、虎之助と鬼丸、笹丸も波飛沫をあげてそのあとを追った。

開け放たれた門扉《もんぴ》の前には何人かの僧や下人がいたが、みな驚いて口をあんぐりと開けるだけだった。

警固の武士はいなかった。おそらく本堂の警備へと駆り出されているのだ。

隠密たちは増上寺の内部に入り、それぞれ闇の中の参道をただひたすらに駆けた。

途中で数名の武士が誰何してきたが、一切答えずに走り抜けた。曲者と叫んで抜刀し追いかけてきたが、隠密の足にとうてい追いつけるわけはない。

しかし声を聞きつけて、何人かが前を塞ぎ、また手強《てごわ》そうな忍びも出てきた。

まず蝶介が足を止め、周囲から寄せてきた邪魔者たちと斬り結んだ。

ただし、こちらからは刀を振るわない。

大声で、

「われら幕臣なり、曲者を追う途中なり！」

と叫びながら、ただ襲いかかってくる敵の刃を受け止め、受け流すのだ。

敵も傷つけず、こちらも傷つかない。

最高度の修練を積んでいる隠密でなければ、とても出来ない技だった。

次に、三太郎が足を止めた。背後から壁のようになって押し寄せてくる追手に一人で向かい合い、忍刀を抜いて大音声で呼ばわった。

「いま声明師の一隊がここを歩いていったであろう。あれは偽物だ。将軍の暗殺を図っている。我らと共に来い、全力で阻止せよ！」

しかし、武士たちは聞く耳を持たない。

「ええい、怪しい奴。かかれ、かかれ、ふんじばれ！」

誰かが号令して、四方から三太郎を取り囲み、あとはくんずほぐれつの大乱闘になった。

仁平と基吉は駆けに駆けて、遠くに声明師の行列の末尾を視認した。

行列は本堂前の伽藍へと入っていく途中だった。大声で曲者と呼ばわり隊列を止めようとしたが、その警告は重厚な声明詠唱の壁にかき消されてしまった。

最後尾の僧二人が気づき、手にした灯明や鉦を捨ててこちらへ向かってきた。

仁平は懐の中へ手を差し入れて、短い忍刀を取り出した。

脇から、幕府側の武士が飛びかかったが、僧二人は瞬時に斬り捨てた。

凄《すさ》まじい腕前だった。

仁平は立ち止まり、隙を見て先に行くよう基吉に目で合図した。

ゆっくりと参道の真ん中まで歩み、二人の凄腕《すごうで》をひとにらみすると、仁平は忍刀を下げた。あろうことか、目までつぶった。

　真っ暗な世界のなかで、仁平の感覚が研ぎ澄まされてゆく。

　二人の僧は、剣の腕前こそ抜群だったが、隠密特有の呼吸や足運びには慣れていないようだった。目を閉じた仁平は、ゆっくりと、参道の先に立つ二人に向かって歩み寄っていった。

　二人が参道の砂を踏み、じりじりと後ずさりしているのが、音と気配でわかる。

　相互の動きも揃っていない。ひとりひとりは腕が立つが、連携して敵を叩くための修練はしていないに違いない。

　それに弱点がもうひとつ。

　残心だ。

　この二人はつい先ほどまで、将軍暗殺の尖兵《せんぺい》としての役に選ばれていた。そのまま行けば、もしかすると自ら将軍の首級をあげるという最大の手柄を手にできたかもしれない。

　しかしそれを邪魔され、名も知れぬ相手と斬り結ぶ運命となった。仮に仁平を斬ったとしても、この二人が本堂に至る頃には、ことはすべて終わっているだろう。

　彼らの心は、いま本堂に飛んでいる。目の前の仁平にではない。

　仁平はやにわに踏み込み、猫のような動きで闇の中に沈み、地を這うように進んだ。そのまま相手を見ることなく真上へ斬りあげた。

ずん、とした手応えがあり、敵の刀が肘ごと宙に飛んだ。

同時にもう一人が凄まじく速い振りで斬り下ろしてきたが、仁平は身をよじって、髪の毛数本ほどの差でそれを躱《かわ》した。

このとき仁平の耳に、肘から先を切断された男の叫び声が聞こえた。まるで地獄の底から響き渡って来るような咆哮《ほうこう》だった。仁平はそのまま身体を横回転させて地面に転がり、次の一撃に備えた。

だが、たったいま必殺の一撃を外し、前につんのめった男の耳にも、その獣のような咆哮が届いたようだ。急ぎ体勢を立て直そうとしたものの、動揺し、いったん地面に下ろした重い剣を再び振り上げるのがわずかに遅れた。

仁平には、十分すぎる間だった。

すかさず相手の懐に飛び込み、体重全てをかけて忍刀を胸元に突き立てた。肋骨《ろっこつ》を叩き割る手応えがあり、すぐ間近で目が合った。二人めの凄腕は何も言わず、ただごぼっ、という血を吐く音だけを残してその場に頽《くずお》れた。

土煙が立ち、刀がからりと虚しい音を立てて地面に落ちた。

仁平は息をつくと立ち上がり、ふたたび本堂を目指した。

が、残る声明師たちは伽藍の中に入ってしまっていた。

そのあとに追いすがった基吉も、続いて内に踏み込むところだったが、彼はふと足を止めると、仁平のほうを見やり、なぜかわずかに笑った。

そしてがたんと音を立て、なんと内側から扉を閉め切ってしまった。

仁平は、目の前が真っ暗になった。

やはり、こいつも叛逆者だったのか！

かつて幕府という巨大な暴力の一端となり、心を鬼にして、ともに叛逆者たちに対し厳しい処断を行った。

そして、ともに心に深い傷を負った。

その後、自分はなんとか立ち直ろうと船に乗り、暗い大海原の上で、進むべき道を必死に探している。しかし基吉は、あの信頼できる仲間だった佐塚基吉は、ただの叛逆者に成り下がってしまったというのか。

仁平は、大声で叫びたかった。だが、そこにもう基吉はいない。

中に入る方法もなかった。大方丈の大屋根につながるとてつもなく高い塀が、視界を一切遮っている。中の様子はわからなかった。

なんとか伽藍の内側に入れる突破口を探しているうち、方丈から次々と警固の者たちが湧いてきた。手に手に刀槍を構え、裂帛《れっぱく》の気合とともに仁平の前に立ち塞がった。

「開門、開門！　いまの声明師たちは叛徒でござる。幼君を亡き者にせんと企んでおる暗殺者でござる！」

仁平は必死に呼ばわったが、声は届かない。

警固の武士たちによって数列の槍衾《やりぶすま》が作られ、厳重な垣根となって、塀はますます遠くなった。

＊

あとに続いた疾渡丸の乗員たちも、闇の中を駆けに駆けた。

足が速く、すばしこい三木助は、仲間たちを離れて境内のあちこちを走り回り、警固の隊形をかき乱した。警戒の密度が薄くなったところを、虎之助と笹丸が駆け抜けていった。

しばらく遅れて、どすどすと音を立てて鬼丸がついていった。

やがて虎之助と笹丸も、仁平が押し問答をしている現場に到着し、事情を説明しようと武士たちに歩み寄った。仁平は叫んでいた。

「開門願う！　将軍御側、中根壱岐守様にお伝えあれ。いま堂内に居る佐塚基吉、異心あり。どうか討ち果たされたい」

「仁平！　じゃあ、やはり基吉は……」

そのとき伽藍の中で、ドーンと、雷のような轟音がした。

虎之助は、仁平と目を合わせた。二人とも絶望におそわれていた。

間に合わなかった。

偽の声明師の隊列を必死に追い、やっとその尻尾を摑まえて引きずり戻す寸前まで行ったが、その意図を砕くことまではできなかった。

おそらく、先ほどの音とともに、幼君家綱は散った。

もしかすると徳川幕府の滅亡、ひいては天下大乱への合図だった。

それまで仁平に向かって槍を突きつけ、侵入を阻止していた警固の武士が、必死に門内に呼びかけていた。

「いったい、何事でありましょうか？　みなさまご無事でありましょうや？」

答える者は、誰もいない。

が、やや間が空いて、一度閉められた門が音を立て内側から開けられた。警固の武士どもは、塊になってどやどやと奥に入っていく。

まだ数人が仁平や虎之助たちに槍を突きつけていたが、彼らも内側が気になるのであろう、虎之助たちが動こうとしないのを見届けると、槍を下げて中に入っていった。

境内のあちこちから、次々と人影が駆けてきた。

暗殺阻止に失敗した疾渡丸の面々も、その流れに巻き込まれるように、蹌踉《そうろう》と門内に入っていった。

（十二）

伽藍の中は血の海になっていた。

中央に奇妙な四阿が建っており、そのまわりに多数の声明師たちが折り重なって倒れていた。ほとんどが事切れていたが、何人か息のある者が縄を打たれ、黒い血を流しながら引きずられていった。

死体の脇には、身分の高そうな武士たちが一団になって立っていた。中にひとつだけ小さな影がある。

「幼君だ。ご無事だったのか」

仁平がぼそりとつぶやいた。

「おい、一体、こりゃどういうことだよ？」

虎之助が尋ねたが、仁平は答えることができない。しかし代わりに答える者があった。

「仁平、安心せよ。幼君はご無事だ。叛乱は未然に防がれた。おぬしたち疾渡丸の手柄じゃ」

佐塚基吉だった。

「いまの銃声はなんだ?」

仁平は鋭い声で問う。

「ああ。あれだ」

基吉は増上寺の本堂を指差した。十名にもなる僧形の男たちが、煙の出ている火縄銃の筒先を吹き、槊杖《さくじょう》をさし入れて清掃をしているのが見える。

あたりには硫黄の匂いが立ちこめ、灰色の煙が篝火に照らされてゆらゆらと漂っている。

「どういうことなんで? 撃たれたのは、将軍様じゃないんですかい?」

虎之助が尋ねた。基吉は否定した。

「その逆だ。撃たれたのは、声明師に化けた不埒《ふらち》な賊徒どものほうだ」

すると、もうひとつ別の声が響いた。やや高く、ぬるりとした湿り気を帯びた声だ。

「仁平。ここまでよう戻ってきたな。なに、案ずるな。誰一人傷付いてはおらぬ」

仁平はその声を聞くと振り返り、やにわにその場で片膝《かたひざ》をついた。

基吉がつと歩み寄り、疾渡丸でともに戦った仲間たちに向かって大声で申し渡した。

「こちらにおわすは、将軍御側、中根壱岐守正盛様じゃ。我ら公儀隠密の元締めにして、疾渡丸の船主でもあらせられる。みなみな、控えおろう！」

虎之助も笹丸も、驚いてその場で膝をついた。

中根は笑いながら言った。

「いま基吉も申したとおり、疾渡丸は実によくやってくれた。儂が考えていた以上の働きじゃ。特に、ほんの数刻前に届いたつなぎの鳩には助けられた。おかげで賊どもの襲来に備えることができた」

皆、ただぽかんとして中根の顔を眺めていた。

「見てのとおり、謀叛を防ぐことができた。今頃、呼応して蜂起しようとした各地の一味も捕縛されておる頃じゃろう。叛乱が起こりかけたことは秘密裏に処理される。おぬしらも他言は無用と心得よ。おそらく鎮定の功の半分は、おぬしらのものだ。儂からも礼を申す」

虎之助が尋ねた。

「中根様。誠に畏れながら……一体なにがなんだか、俺にはさっぱりわからねえんで」

「おぬしが船頭の虎之助だな。仁平から聞いておる」

「へえ、左様です。さっき、ここで一斉に鉄砲が鳴る音がしました。俺たちはてっきり、将軍様がそれで撃たれちまったのだとばかり」

「あれは、あちこちに伏せた二十の銃兵が賊どもを撃ち据えた音じゃ」

「ひょっとして……」

虎之助は、本堂のほうへ目を向けた。すでに火薬の匂いは消え、鉄砲は袋に仕舞われているが、そこにはまだ何人かの僧形の男たちが、血走った目をあたりに向けながらあと片付けをしていた。中根は答えた。

「その通りじゃ。銃兵にはみな頭を剃らせた。嫌がる者もおったが、一大事だからのう。否とは言わせぬ」

まだ腑《ふ》に落ちぬような顔で聞いていた仁平が尋ねた。

「あのような場所に銃を据えていたということは、ここであらかじめ待ち構えておられたのですな……あっ」

幼君のほうを見て小さく叫んだ。

「もしや、将軍様も替え玉……」

「そのとおりだ」

中根が言った。

「将軍様は、今頃は江戸城内の紅葉山霊廟で法要を済ませておられる。まだ、江戸城の外に出られるのには早いと我らが判断したのだ。ここに足をお運びになられるのは、おそらく数年後になるであろう」

にっこりと笑った。そして続けた。

「あそこに居るのは、とある幕臣の子じゃ。自ら望んで替え玉になった。幸い銃兵がみな稲富流《いなとみりゅう》の手練れであるため、狙いはきちんと外したが、何かあれば死んでしまっていたかもわからぬ。信じられぬほどの勇敢さだ。この功には厚く報いねばな」

「この全部が、巨大な罠《わな》だったというわけなんですね」

「そのとおりだ。そもそも、不埒な蜂起の計画があることは事前に探知できていた。だが、叛徒どもがどのような出方をしてくるのかがわからない。そこで、こちらから奴らに餌を投げ、おびき寄せる策を講じた。幼君が増上寺に参詣するという噂を、あらかじめばら撒いた」

得意げな顔をして仁平のほうを見た。

「その折、この寺の法主が、儂にも秘密で、歩き声明の隊列がいきなり伽藍に入ってくるという趣向を企んでいることを知った。そこで、儂はその噂も流し、同じく日比谷湊に停泊している義天丸の警戒も解いておいた。案の定、叛徒どもはわが策に乗った。義天丸を奪い下田に行き、吉祥丸を拐かして声明師に化ける。そのまま北上し……幼君に近づく」

　虎之助が割り込んだ。

「罠だったのなら、わざわざ嵐の向こうから疾渡丸を呼び寄せたのは、なんのためだったんで？」

「疾渡丸ならば嵐を越え、必ず、ある程度まで叛徒たちを追いかけてくれると踏んでのことだった。全てがうまく行きすぎると、かえって罠であることを怪しまれる。なので、それらしく見えるよう、鷹狩の勢子《せこ》のようにおぬしたちを使わせてもらった。が、まさかここまで賊を追いかけてくるとは思わなんだが」

「そもそも、あの嵐に突っ込むこと自体が無謀なことでした。ここまで来られたのは、なんというか、ただのべらぼうな幸運だったんですよ」

「儂はそうは思わぬがな。疾渡丸は、おそらく常ならぬ船なのだ」

「なるほどね……俺たちは、囮なりに役割は果たしたということなんですね」

「そのとおりだ。期待以上にな」

「どこまでも、計算が行き届いておられますな」

「いや、そういうわけでもない。いくつか計算違いもあった」

　横から基吉が答えた。

「俺は中根様に派され、下田に走った。遅れても必ず疾渡丸は姿を現すに違いないから、ということだった。おぬしたちを説得し、いや、焚きつけて義天丸を追う。そもそも追いつくのは無理だろうと踏んでいた。要は彼方から追手がやってきている。義天丸にそうと感じさせ、ことを急がせればそれでいいんだ。ところが」

「私たちは、深夜の沖乗りをしてむしろ先回りした。城ヶ島の陰で待ち伏せ、あわや義天丸の北上をその場で止めてしまうところだった」

仁平が言った。基吉は感じ入ったようにうなずいた。

「疾渡丸は、こちらの想像を遥かに超えた船だった。義天丸を止め、沈めるか拿捕《だほ》してしまう。そうなると、逆にまずいんだ」

虎之助が、食ってかかった。

「まずいって、何がまずいんですかい？　叛徒の船を止め、江戸到達を阻止しろ。船出する前、下田で、あんたからそうしろと言われたはずだがね」

「ああ、そう言ったさ。しかし本当の狙いは違った。狙いは、叛徒どもをあくまで増上寺に引き寄せることだ。その上で、呼応してあちこちから湧いて出てくるであろう仲間を根こそぎふんじばる。それこそが幕府の狙いなんだ。ところが疾渡丸は優秀すぎた。これでは逆に計画を潰してしまう。俺は焦った」

「それで、城ヶ島の崖の上に登り、義天丸から見えるようにわざと火を焚いたんだな。そして、叛徒どもをあらかじめ警戒させた」

虎之助は、ずばりと言った。基吉は大きく首を縦に振った。

「だが、あんたがそんなことをしてくれたお陰で、吉祥丸の上でまだ生きてたかもしれない声明師たちが、まとめて斬られちまった。もしかしたら救えたかも知れぬ命だ」

「そうだな。気の毒なことをしたと思っている」

「それで済むのかよ。あんたたちの大切な、天下の静謐とやらのためだったら、なんの罪もない、いや、それこそお前らなんかより遥かに真剣に世の静謐を祈り続けている人たちの命がいくら失われようと、なんでもねえってのか。しかも俺たちを騙して、その片棒を担がせやがったのかよ」

虎之助は、憤然として基吉を睨みつけた。基吉は黙ってしまった。

横から、中根がゆっくりと口を挟んだ。

「船頭。それは心得違いというものだ。おぬしはなぜ基吉が最初から本当の目的を明かさず、裏でこそこそ工作したかと腹を立てておるのであろう。それは基吉の意志ではない。儂が命じたのだ」

「なんですって?」

「仁平から聞いていた。おぬしは優秀な船頭だが、情に厚く、まっすぐな気質だとな。おそらく事情を明かしても、そうした時に声明師たちを死に追いやるような決断は絶対にしない。儂はそう踏んだ。だから、本当の目的は隠しておくよう基吉へ命じたのだ」

「救える命は、手を尽くして救う。船乗りである以前に、人として当たり前のことだと思いますがね」

虎之助は憮然として答えたが、中根は全く表情を変えなかった。

「まさに、問題はそこだ。大事を為すには、そのような小さなことに拘っていては駄目だ。声明師たちの死は残念だが、彼らが死すことで、叛乱を未然に防ぎ、犠牲を最小限にすることができたのだ」

「死すことで、ですって？　まるで将棋の駒のような言種《いいぐさ》だぜ。あなた様にとっちゃ、下々の生き死になんざ、その程度のものなんですね」

「わかってもらえぬらしいな。まあ、よい。おぬしは良い船頭だ。良い男だ。だが甘いのだ。どうしようもなく、甘いのだ」

「なるほどね。合点はしたよ。納得はしてねえがな」

「おぬしの守るべき世界は、たかが小さな弁財船《べざいせん》一艘だけ。乗っているのは十人か、二十人か。儂らは日の本全土に対し責任を負うているのだ。おぬしのような甘い考え方をしていては、目先の十人を救うために、数万の人命を失うことになりかねない。そんなことは、断じて認めるわけにはいかぬ」

「ふん、なるほどね。疾渡丸の船主さんは、そういう考え方をなさる方なんだね。よく分かりましたよ」

「立場の違いだな。だが、おぬしらには本心より感謝しておる。疾渡丸の素晴らしさも改めて得心した。これからもうんと働いてくれ。たとえ、船主のことを好いてはおらぬとしてもな」

中根は鷹揚《おうよう》に、笑みすら浮かべて言った。

（十三）

この寺院の主である遵誉貴屋は、茫然《ぼうぜん》としたまま、伽藍のあちこちを、ふらふらとさまよい歩いていた。

なにが起こったのか、理解ができなかった。

先ほど、声明師の隊列がぐるぐると四阿を取り囲んだことは覚えている。そして、そこから中根の姿が消えていることに気づいた。

しかしその先から、なにが起こったのかいまだに理解できていない。あたりに閃光と火花が走り、ものすごい音がして、世界がひっくり返った。

そのあとには、鬼哭啾々《きこくしゅうしゅう》の光景が広がっていた。

再び中根の姿を見つけ、彼が、見慣れぬ風体をした男どもと何やら話しているところに近づいていった。会話が、切れ切れに聞こえた。

そうして、おおよその状況を把握した。

胸の内から、熱い、どろどろとした感情が湧き起こってきた。

それが何なのか、はじめ貴屋にはわからなかった。長年の修行と、自らを律する日々を送ってきたことで、ずっと抑え込んできたものだ。

怒りだ。怒りの感情だ。

貴屋は、それを解き放った。

自分が夢見ていたことのすべてが、このほんの一刹那で、すべて吹き飛んだ。そして、あとにはこの地獄の光景が残った。

貴屋は、怒鳴った。目の前に立っている男、この事態を引き起こした幕府の将軍御側、中根壱岐守正盛を、背中から怒鳴りつけた。

「あなたはあらかじめすべてを見通し、すべてを知っておられた。叛乱が起こることも、拙僧の計画についても」

日頃の温顔をかなぐり捨て、眦《まなじり》を決して、中根に詰め寄った。

「みな聞いておりましたぞ。あなたは、この寺へ敢えて叛徒どもが乱入してくるように舞台をしつらえた。よりにもよって、尊きこの場所に、かくも多くの穢《けが》れた血を流してしまわれた。いくらお役目とはいえ、度が過ぎますぞ。あなたは、徳川の菩提寺たるこの増上寺を侮辱し、徳川家の父祖の眠るこの地を汚された。この罪は、万死に値するものですぞ」

中根は顔色を変えず、冷たい声音で言った。

「この寺を仕切る僧侶に、よからぬことを考える者がおってな。ただ自らの保身と栄達のため、その徳川家に黙って、境内に賊を招き入れるという企てをなした。だから叛徒どもに付け入られてしまった。本来であれば、それこそ万死に値する罪だ。こうなったのは、そちらの落ち度であろう。身に付いた穢れは、自らの今後の行いによって拭い去るしかないと思うが」

「あなたの罪は、それだけではない。長いあいだ魚山で修行し、声明を披露して世に静謐をもたらそうと船に乗り組んだ者たちの死にも責任がある。そもそもあなたがこのような手の込んだ罠を仕掛けなければ、彼らは死なずに済んだのだ。あなたは、地獄に堕《お》ちるべきお人だ」

　貴屋は中根を指差し、ぶるぶると震えながら言った。

　だが中根は薄ら笑いを浮かべて、この高僧の抗議を一蹴した。

「地獄に堕ちろ、か。坊主にそう言われては、儂は確実に地獄行きだのう。だが、我らの生きるこの世こそが地獄ではないのか？　儂はそう思うぞ。ともあれ、叛徒どもは大体わが策の通りにおびき寄せられ、滅び去った。将軍はご無事で、幕府は安泰だ。つまり、この地獄の静謐はまだまだ続くということだ。どうだ、言うことなしであろう？」

「罰あたりめ！　畜生め！」

　貴屋は叫んで飛びかかろうとしたが、仁平と基吉が組み付いて止めた。

「げにありがたき高僧も、頭に血がのぼるとこの有様だな。御坊、甘いものの摂り過ぎだぞ。今後は控えられるとよい」

　中根はなおも意地悪そうに戯《たわむ》れたが、ふと真面目な顔になって言った。

「まあ、声明師たちの犠牲は儂としても残念ではある。今回の勇み足を反省し、態度を改めるならば、増上寺は徳川家の菩提寺であり続け、貴公はまだしばらくこの寺の住持で、宗門の法主だ。とにかく、まずは落ち着き、死んだ者たちをしっかりと弔ってやれ」

　中根はもう一度だけ疾渡丸の乗組員たちを労るようにうなずき、仁平と基吉についてくるよう命じて、その場を立ち去った。

あとに残された貴屋は、虎之助と目を合わせた。

この船乗りは、そろそろ潮時だと感じているらしかった。穢れたこの場所から一刻も早く立ち去り、仲間を連れて、さっさと自分の船へ戻ろうと思っているように見えた。

だが、その横にもう一人、ぽつんと立っている少年の姿を見つけた。

「なんで来た？　こんな血みどろの地獄によ。ここは子供の来るとこじゃねえ」

虎之助は叱ったが、鉄兵は澄んだ目をして言った。

「貴屋さまという偉いお坊様に、礫念さんからの伝言をお伝えしにまいったのです」

「礫念は無事だったのか」

貴屋は長い睫毛をしばたたかせ、身を乗り出して聞いた。

「いえ、先ほど身罷《みまか》られました。ずっと貴屋さまに詫びごとを申しておられました。申し訳ございません、と」

「そうか」

「礫念さんと、あとお一人。お名前はお聞きできませんでした。疾渡丸で手当てをしておりましたが、お助けできませんでした。あとの方々は吉祥丸の上で斬られ、すでに息がありませんでした」

「わかった。知らせてくれて感謝する」

「あなたさまが、貴屋さまですか？」

「いかにも、そうじゃ」

「礫念さんは、貴屋さまのことをとても尊敬しておられました。亡くなった人ひとりひとりに、どんな人も分けへだてなく、心から祈りを捧げてくれる素晴らしいお坊さまなんだと。だからおいら、礫念さんと、亡くなった人みんな、そしておいらの友達の成仏を祈っていただこうと思ってここに来たんです」

「おい鉄兵。貴屋さまは今、大変なとこなんだ。お邪魔をするな」

虎之助がたしなめたが、貴屋は手でそれを止めた。

「そうか。礫念がそう言っていたんだね」

「はい。もう何度も何度も」

「儂の仕事は、そうか……祈ることだ。そうだった」

「お願いします。貴屋さまがいつまでも怒っておられると、みんなの魂が行き場をなくしちまう」

「そうだ、おぬしの言う通りだ。儂が間違っていた。祈ろう、亡くなった者たちの御霊《みたま》に祈ろう。みなが安らかに成仏できるように」

「よかった。ありがとうございます」

貴屋は晴れ晴れとした顔をして、背筋を伸ばした。

一心不乱に南無阿弥陀仏を唱え、死んだ者たちの魂に祈りを捧げる。

鉄兵と虎之助、鬼丸、笹丸、三木助。さらに三太郎と蝶介までもが加わって、みんなで祈り続けた。周囲で立ち働いていた武士が、僧侶が、忍びが、一人二人と仕事の手を止め、そっと両手を合わせ、目をつぶり、貴屋の読経に聞き入った。清らかな、透き通った高僧の声が、流れるように虚空に吸い込まれていった。

ひとしきり祈りが終わり、貴屋は鉄兵に優しく語りかけた。

「さっき、友達にも祈りを、と言っていたね」

「はい。甚左衛門という名です。罪人でしたが、改心してました。いい奴だったんです。おいらだけだと、本当に成仏できるのかどうかわからなくて」

「大丈夫だよ。さあ、儂と一緒に祈ろう」

鉄兵はほっとしたような笑顔を見せ、両手を合わせて、目をつぶった。

本書は書き下ろしです

中公文庫

幕府《ばくふ》密命《みつめい》弁財船《べざいせん》・疾渡丸《はやとまる》（二）
——鹿島灘《かしまなだ》　風《かぜ》の吹《ふ》くまま

2024年10月25日　初版発行

著　者　早《はや》　川《かわ》　隆《たかし》

発行者　安部順一

発行所　中央公論新社
〒100-8152　東京都千代田区大手町1-7-1
電話　販売 03-5299-1730　編集 03-5299-1890
URL https://www.chuko.co.jp/

ＤＴＰ　平面惑星
印　刷　大日本印刷
製　本　大日本印刷

Published by CHUOKORON-SHINSHA, INC.
Printed in Japan　ISBN978-4-12-207572-6 C1193

中公文庫既刊より

各書目の下段の数字はＩＳＢＮコードです。978－4－12が省略してあります。

は-81-1
幕府密命弁財船《べざいせん》・疾渡丸《はやと》(一)
那珂湊　船出の刻
早川　隆
水戸藩那珂湊で密かに造られる弁財船、疾渡丸。この船には商船のふりをして諸国を旅しながら、湊の平和を守る密命が下されていた――！　文庫書き下ろし。
207551-1

い-132-1
走　狗
伊東　潤
西郷隆盛と大久保利通に見いだされ、幕末の表舞台に躍り出た川路利良。警察組織を作り上げ、大警視まで上り詰めた男が見た維新の光と闇。〈解説〉榎木孝明
206830-8

い-132-2
叛　鬼
伊東　潤
早雲、道三よりも早く下剋上を成し、戦国時代の扉を開いた男・長尾景春。悪名に塗れながらも、叛逆を続けた武士の正義とは？〈巻末対談〉本郷和人×伊東潤
207108-7

い-132-3
戦国鬼譚　惨
伊東　潤
いま裏切れば、助かるのか？　武田家滅亡期。すべてを失うかもしれない状況を前にした人間の本性を描く、五篇の衝撃作。〈巻末対談〉逢坂　剛×伊東　潤
207136-0

い-132-4
戦国無常　首獲り
伊東　潤
手柄を挙げろ。どんな手を使っても――。首級ひとつで人生が変わる。欲に囚われた下級武士たちのリアルを描く六つの悲喜劇。〈巻末対談〉乃至政彦×伊東潤
207164-3

い-132-5
囚われの山
伊東　潤
世界登山史上有名、かつ最大級の遭難事故、八甲田雪中行軍遭難事件。だが、この大惨事には、白い闇に隠された秘密が⁉　長篇ミステリー。〈解説〉長南政義
207362-3

う-28-8
新装版　御免状始末
闕所物奉行　裏帳合㈠
上田　秀人
遊郭打ち壊し事件を発端に水戸藩の思惑と幕府の陰謀が渦巻く中を、著者史上最もダークな主人公・榊扇太郎が剣を振るい、謎を解く！　待望の新装版。
206438-6

う-28-9
新装版 蛮社始末 闕所物奉行 裏帳合㈡
上田秀人
榊扇太郎は闕所となった蘭方医、高野長英の屋敷から、倒幕計画を示す書付を発見する。鳥居耀蔵の陰謀と幕府の思惑の狭間で真相究明に乗り出すが……。
206461-4

う-28-10
新装版 赤猫始末 闕所物奉行 裏帳合㈢
上田秀人
武家屋敷連続焼失事件を検分した扇太郎は改易された出火元の隠し財産に驚愕。闕所の処分に大目付が介入、大御所死後を見据えた権力争いに巻き込まれる。
206486-7

う-28-11
新装版 旗本始末 闕所物奉行 裏帳合㈣
上田秀人
失踪した旗本の行方を追う扇太郎は借金の形に娘を売る旗本が増えていることを知る。人身売買禁止を逆手にとり吉原乗っ取りを企む勢力との戦いが始まる。
206491-1

う-28-12
新装版 娘始末 闕所物奉行 裏帳合㈤
上田秀人
借金の形に売られた旗本の娘が自害。扇太郎の預かりの身となった元遊女の朱鷺にも魔の手がのびる。江戸闇社会の掌握を狙う一太郎との対決も山場に！
206509-3

う-28-13
新装版 奉行始末 闕所物奉行 裏帳合㈥
上田秀人
岡場所から一斉に火の手があがった。政権返り咲きを図る家斉派と江戸の闇の支配を企む一太郎が勝負に出たのだ。血みどろの最終決戦のゆくえは⁉
206561-1

う-28-14
維新始末
上田秀人
あの大人気シリーズが帰ってきた！ 天保の改革から二十年、闕所物奉行を辞した扇太郎が見た幕末の闇。過去最大の激闘、その勝敗の行方は⁉
206608-3

う-28-15
翻弄 盛親と秀忠
上田秀人
偉大な父を持つ長宗我部盛親と徳川秀忠は、立場は違えどいずれも関ヶ原で屈辱を味わう。それから十余年、運命が二人を戦場に連れ戻す。〈解説〉本郷和人
206985-5

う-28-16
新装版 孤闘 立花宗茂
上田秀人
乱世に義を貫き、天下人に「剛勇鎮西一」と恐れられた猛将の、対島津から対徳川までの奮闘と懊悩を精緻に描いた、中山義秀文学賞受賞作。〈解説〉末國善己
207176-6

各書目の下段の数字はISBNコードです。978－4－12が省略してあります。

う-28-17
夢　幻（上）
上田秀人
織田信長の死により危地に陥った家康は、今は亡き長男信康の不在を嘆くが……。英傑とその後継者の相克を描いた、哀切な戦国ドラマ第一部・徳川家康篇。
207387-6

う-28-18
夢　幻（下）
上田秀人
織田信長の「天下」が夢でなくなり、徳川家康の価値は薄れつつあった。本能寺の変に至るまでの両家の因縁を綴った、骨太な戦国ドラマ第二部・織田信長篇。
207388-3

う-28-19
振り出し　旗本出世双六（一）
上田秀人
二百二十五石の小旗本で無役の北条志真佑は、西丸書院番に登用される。十一代将軍徳川家斉の世子・家慶の力にならんと張り切っていたが……。書き下ろし。
207480-4

さ-86-1
うぽっぽ同心十手《じって》綴り
坂岡真
〝うぽっぽ〟とよばれる臨時廻り同心の長尾勘兵衛は、人知れぬところで今日も江戸の無理難題を小粋に裁く。情けが身に沁みる、傑作捕物帳シリーズ第一弾！
207272-5

さ-86-2
うぽっぽ同心十手綴り　恋文ながし
坂岡真
野心はないが、矜持はある。悪を許さぬ臨時廻り同心、長尾勘兵衛の粋な裁きが胸を打つ。傑作捕物帳シリーズ第二弾！
207283-1

さ-86-3
うぽっぽ同心十手綴り　女殺し坂
坂岡真
十手持ちには越えてはならぬ一線があり、覚悟を決めねばならぬ瞬間がある。正義を貫くため、長尾勘兵衛は巨悪に立ち向かう。傑作捕物帳シリーズ第三弾！
207297-8

さ-86-5
うぽっぽ同心十手綴り　凍《い》て雲《ぐも》
坂岡真
「正義を貫くってのは難しいことよのう」生きざまに筋を通すため、この一件、決着をつけねばならぬ——。大好評、傑作捕物帳シリーズ第四弾！
207430-9

さ-86-6
うぽっぽ同心十手綴り　藪《やぶ》雨《さめ》
坂岡真
女だけで芝居を打つ一座に大惨事が……。たかが〝うぽっぽ〟と侮るなかれ、怒らせたら手が付けられぬ鬼と化す——。大波乱の傑作捕物帳シリーズ第五弾！
207439-2

各書目の下段の数字はISBNコードです。978－4－12が省略してあります。

す-25-22
手習重兵衛 黒い薬売り
鈴木英治
故郷の諏訪に帰った重兵衛。ところが、実家の興津家では当主・輔之進の妻と侍女が行方知れずに。一方江戸では、重兵衛の留守に、怪しい薬売りが住み着いていた。
205490-5

す-25-23
手習重兵衛 祝い酒
鈴木英治
甲州街道で狙撃された重兵衛。なぜ狙われたのか？ 江戸の手習所に住み着いた薬売りとの関係は？ そして重兵衛の生死は？ シリーズ完結。〈解説〉細谷正充
205544-5

す-25-27
手習重兵衛 闇討ち斬 新装版
鈴木英治
江戸白金で行き倒れとなった重兵衛は、手習師匠・宗太夫に助けられ居候となったが……。凄腕で男前の快男児が謎を斬る時代小説シリーズ第一弾。
206312-9

す-25-28
手習重兵衛 梵鐘 新装版
鈴木英治
手習子のお美代が消えた⁉ 行方を捜す重兵衛だったが……（「梵鐘」より）。趣向を凝らした四篇の連作が織りなす、人気シリーズ第二弾。
206331-0

す-25-29
手習重兵衛 暁闇 新装版
鈴木英治
旅姿の侍が内藤新宿で殺された。同心の河上が探索を進めると、重兵衛の住む白金村へ向かう途中だったらしいと分かったが……。人気シリーズ第三弾。
206359-4

す-25-30
手習重兵衛 刃《やいば》舞《まい》 新装版
鈴木英治
親友と弟の仇である妖剣の遣い手・遠藤恒之助を倒すため、新たな師のもとで〈人斬りの剣〉の稽古に励む重兵衛だったが……。人気シリーズ第四弾。
206394-5

す-25-31
手習重兵衛 道中霧 新装版
鈴木英治
親友殺しの嫌疑が晴れ、久方ぶりに故郷の諏訪へ帰れることとなった重兵衛。母との再会に胸高鳴らせる彼を、妖剣使いの仇敵・遠藤恒之助と忍びたちが追う。
206417-1

す-25-32
手習重兵衛 天狗変 新装版
鈴木英治
重兵衛を悩ませる諏訪忍びの背後には、三十年ごしの因縁が――家中を揺るがす事態に、重兵衛、左馬助、惣三郎らが立ち向かう。人気シリーズ、第一部完結。
206439-3

す-25-33
江戸の雷神
鈴木英治
その勇猛さで「江戸の雷神」と呼ばれる火付盗賊改役の伊香雷蔵は、府内を騒がす辻斬り、押し込み、盗賊らを追うが……。痛快時代小説シリーズ開幕！
206658-8

す-25-35
江戸の雷神 敵意
鈴木英治
不首尾に終わった捕物の責を負わされ、火付盗賊改役を罷免された雷蔵。元盗賊「匠小僧」や訳ありの剣の達人・六右衛門らと動き出したが……。書き下ろし。
207140-7

す-25-36
江戸の雷神 死化粧
鈴木英治
深川で続けて四人の娘が惨殺された。その頃、前火盗改役の伊香雷蔵は、元盗賊・玄慈らの力を借り「よりよい江戸」をつくらんとしていたが……。書き下ろし。
207322-7

と-26-13
堂島物語1 曙光篇
富樫倫太郎
米が銭を生む街・大坂堂島。十六歳と遅れて米問屋へ奉公に入った吉左には「暖簾分けを許され店を持つ」という出世の道は閉ざされていたが――本格時代経済小説の登場。
205519-3

と-26-14
堂島物語2 青雲篇
富樫倫太郎
山代屋へ奉公に上がって二年。丁稚として務める一方、幕府未公認の先物取引「つめかえし」で相場師としての頭角を現しつつある吉左は、両替商の娘・加保に想いを寄せる。
205520-9

と-26-15
堂島物語3 立志篇
富樫倫太郎
念願の米仲買人となった吉左改め吉左衛門は、自分と同じく二十代で無敗の天才米相場師・寒河江屋宗右衛門の存在を知る――『早雲の軍配者』の著者が描く経済時代小説第三弾。
205545-2

と-26-16
堂島物語4 背水篇
富樫倫太郎
「九州で竹の花が咲いた」という奇妙な噂を耳にした吉左衛門は西国へ飛ぶ。やがて訪れる享保の大飢饉をめぐる米相場乱高下は、ビジネスチャンスとなるか、破滅をもたらすか――。
205546-9

と-26-17
堂島物語5 漆黒篇
富樫倫太郎
かつて山代屋で丁稚頭を務めた百助は莫大な借金を抱え、お新と駆け落ちする。米商人となる道を閉ざされ、行商人に身を落とした百助は、やがて酒に溺れるが……。
205599-5

各書目の下段の数字はISBNコードです。978－4－12が省略してあります。

と-26-18
堂島物語6　出世篇
富樫倫太郎
川越屋で奉公を始めることになった百助の息子・万吉は、手代たちから執拗な嫌がらせを受ける。『早雲の軍配者』の著者が描く本格経済時代小説第六弾。
205600-8

と-26-32
闇の獄（上）
富樫倫太郎
盗賊仲間に裏切られて死んだはずの男は、座頭組織の長に拾われて、暗殺者として裏社会に生きることに！『SRO』「軍配者」シリーズの著者によるもう一つの世界。
205963-4

と-26-33
闇の獄（下）
富樫倫太郎
座頭として二重生活を送る男・新之助は、裏社会から足を洗い、愛する女・お袖と添い遂げることができるのか？　著者渾身の暗黒時代小説、待望の文庫化！
206052-4

と-26-40
北条早雲1　青雲飛翔篇
富樫倫太郎
一代にして伊豆・相模を領する大名にのし上がる風雲児の、知られざる物語が幕を開ける！　備中での幼少期から、幕府の役人となり駿河での密命を果すまで。
206838-4

と-26-41
北条早雲2　悪人覚醒篇
富樫倫太郎
再び紛糾する今川家の家督問題を解決するため、後の「北条早雲」こと伊勢新九郎は、駿河への下向を決意する。型破りな戦国大名の原点がここに！
206854-4

と-26-42
北条早雲3　相模侵攻篇
富樫倫太郎
この世の地獄を減らすため、相模と武蔵も自分が支配するべきではないか——僧になった〝悪党〟が、途方もない夢に向かい、小田原城奪取に動く緊迫の展開！
206873-5

と-26-43
北条早雲4　明鏡止水篇
富樫倫太郎
宿敵・足利茶々丸との血みどろの最終戦と悲願の伊豆統一、再びの小田原城攻め……己の理想のため鬼と化した男にもはや安息はない。屍が導く関東への道！
206882-7

と-26-44
北条早雲5　疾風怒濤篇
富樫倫太郎
相模統一に足踏みする伊勢宗瑞が、苦悩の末に選んだ最終手段。三浦氏との凄惨な決戦は、極悪人にして名君の悲願を叶えるか。人気シリーズ、ついに完結！
206900-8